애쓰지 않아도

애쓰지 않아도

최은영 짧은 소설
김세희 그림

마음산책

최은영

1984년 경기 광명에서 태어났다. 2013년부터 본격적인 작품 활동을 시작했다. 지은 책으로 소설집 『쇼코의 미소』 『내게 무해한 사람』 『아주 희미한 빛으로도』, 장편소설 『밝은 밤』이 있다. 문학동네 젊은작가상, 허균문학작가상, 김준성문학상, 이해조소설 문학상, 구상문학상 젊은작가상, 한국일보문학상, 대산문학상을 수상했다.

애쓰지 않아도

1판 1쇄 발행 2022년 4월 30일
1판 15쇄 발행 2024년 7월 10일

지은이 | 최은영
그린이 | 김세희
펴낸이 | 정은숙
펴낸곳 | 마음산책

등록 | 2000년 7월 28일(제2000-000237호)
주소 | (우 04043) 서울시 마포구 잔다리로3안길 20
전화 | 대표 362-1452 편집 362-1451   팩스 | 362-1455
홈페이지 | www.maumsan.com
블로그 | blog.naver.com/maumsanchaek
트위터 | twitter.com/maumsanchaek
페이스북 | facebook.com/maumsan
인스타그램 | instagram.com/maumsanchaek
전자우편 | maum@maumsan.com

ISBN 978-89-6090-734-8 03810

사랑은 애써 증거를 찾아내야 하는
고통스러운 노동이 아니었다.

오랜 시간 동안 여러 곳에 발표했던 글들을 모아놓으니 자연스레 지난 기억이 떠오른다.

낯선 해변에서 답 없는 미래를 고민하던 기억(「데비 챙」), 목적지 없이 정신없이 걸어 다니던 기억(「한남동 옥상 수영장」), 떠난 고양이를 애도하던 기억(「임보 일기」「꿈결」「무급휴가」), 친구와의 관계에서 솔직할 수 없던 기억(「애쓰지 않아도」「숲의 끝」), 폭력적인 공익광고를 보던 기억(「손 편지」), 병아리를 키우던 기억(「안녕, 꾸꾸」), 고기를 먹지 못했던 어린 시절의 기억(「호시절」)······.

글쓰기 호흡이 긴 나에게 짧은 글쓰기는 매번 큰 도전으로 다가왔다. 의식하지 않으면 몸에 힘이 들어가서, 순간순간 멈춰 최대한 힘을 빼고 경직되지 않으려 했다. 억지로 애를 쓰고 힘을 들이면 삶도, 글도 더는 손에 잡히지 않는다는 사실을 경험을 통해 알게 되었기 때문이다. 있는 모습 그대로를 존중하는 일, 그것이 내가 내 글과 나에게 보여야 할 유일한 태도라는 것을 글을 쓰는 과정을 통해 배웠다. 무리해서 애쓰지 않고 자연스러운 호흡을 따라가려 했다.

20년 전, 대학 신입생이었던 나는 사회구조의 잔인함에 마음을 다치면서도 시간이 지나면 많은 것들이 나아질 거라고 희망하곤 했다. 하지만 시간은 아무것도 보장하지 못했다. 지난 20년 동안 세상이 조금이나마 나은 쪽으로 변했다면, 그것은 목숨을 걸고 싸운 사람들의 끈질긴 노력 덕분이다. 그 과정에서 어떤 사람들은 실제로 자기 목숨을 내놓기도 했다.

최소한의 권리를 요구하는 사람들에게 너희는 이미 충분히 가졌으며 더는 요구하지 말라고 말하는 이들을 본다. 불편하게 하지 말고 민폐 끼치지 말고 예쁘게 자기 의견을 피력하라는 이들을 본다. 누군가의 불편함이 조롱거리가 되는 모습을 본다. 더 노골적으로, 더 공적인 방식으로 약한 이들을 궁지로 몰아가는 사람들의 모습을 본다. 인간성의 기준점이 점점 더 내려가는 기분을 느낀다. 이제 나는 더 이상 시간이 지나면 자연스레 많은 것들이 나아질 것이라고 믿지 않는다. 힘을 더해야 한다.

　내게 내 이름을 걸고 글을 쓰는 일은 두려운 행운이었다. 내 목소리를 허투루 쓰지 않고, 내게 주어진 빈 페이지를 언제나 기도하는 마음으로 대하는 작가로 살고 싶다. 좋은 기회를 주신 마음산책과 그림을 그려주신 김세희 작가님께 감사하다. 내게 매일 사랑을 가르쳐주는 미오와 포터, 고양이 별에 있는 레오와 마리에게도 특별한 사랑을 보낸다.

　우리는 더 사랑할 것이다.

2022년 따뜻한 봄날에

최은영

차례

우리에게 필요한 건 이런 것들뿐인데.
서로에게 커다란 귀가 되어줄 수 있는 시간 말이야.

애쓰지 않아도

엄마는 내가 중학교 3학년을 마친 겨울에 기도원에 들어갔다. 말이 기도원이지 사이비종교 공동체에 몸을 담기로 한 거였다. 그 일이 있었던 직후 아빠는 나를 데리고 내가 태어나고 자랐던 P시를 떠나서 할머니의 집이 있는 서울로 이사했다. 나는 연합고사를 치러 애써 합격한 학교에 가지 못하고 아는 얼굴 하나 없는 서울의 한 고등학교에 입학했다. 이사한 지 이틀 후의 일이었다.

친구가 없는 교실에 뚝 떨어지자 막막해졌던 기억이 난다. 당장에 급식실에 누구랑 같이 가야 할지, 체육 시간에 누구와 함께 운동장에 나가야 할지 알 수 없어서였다. 짝이 된 아이에게 조심스레 급식을 누구와 먹으러 갈 거냐고 물어보니 그 애는 앞에 앉은 아이를 가리켰다. 친구가 없으면 나랑 갈래? 같은 말을 기대했던 마음이 무안함으로 바뀌던 순간이었다. 학기 초반에 친구 그룹에 들어가지 못한다면 영영 기회를 놓칠 수도 있다는 생각이 들어 조급해졌다.

내 뒷자리에 앉은 아이가 내게 말을 건 건 그때였다. 키가 크고 눈웃음이 예쁘고 외향적인 성격으로 보이는 아이였다. 쉬는 시간에도 여러 아이들에 둘러싸여 있는 모습을 보며 인기 있는 애여서 나랑은 친해질 수 없으리라고 짐작했었는데. 그 애의 이름은 유나였다. 나는 유나와 유나의 중학교 때 친구 두 명과 함께 급식실에 가서 밥을 먹었다. "너 되게 귀엽다." 나는 유나의 말에 얼굴이 붉어졌다. 이렇게 인기 있는 애가 나에게 호감을 보이다니, 가슴이 떨리고 유나에게 잘 보이고 싶은 마음이 커졌다.

그렇게 한 주가 끝날 무렵, 다른 애들 두 명이 우리 그룹에 들어왔다. 매점에서 떡볶이를 시켜 먹으면서 "그럼 나도 이제 너희 무리야?"라고 유나에게 말하던 애의 모습은 절박해 보이기까지 했다. "그래. 우리 무리야." 유나의 승인을 받고 기뻐하던 그 애의 얼굴이 떠오른다.

유나는 그다음 주 선거에서 반장이 됐다. 다른 아이들의 말을 들어보니 유나는 공부도 잘하고 체육도 잘하고 노래도 잘 부르고 그림도 잘 그리는 아이로 유명했다. 나는 공식적으로 유나의 무리에 속해 있으면서도 늘 불안했다. 내가 그다지 흥미롭지도 않고 이런 인기 있는 아이들의 무리에 적합하지 않다는 것을 유나가 곧 알아차리지 않을까 염려되어서였다. 유나의 무리에서 만난 선아가 나에게는 가장 가까운 친구였지만 누구에게도 말하지 못한 깊은 마음속에서 유나는 내가 가장 좋아하는 아이였다. 나는 유나가 좋아하는 롤러코스터의 음악을 들었고 유나가 즐겨 읽는 패션 잡지 〈쎄씨〉를 놓치지 않고 따라 읽었다. 언제부턴가 유나의 시선으로 나를 바라보는 스스로를 발견하게 됐다. 유나는 나의 어떤 모습에서 매력을 느낄까 궁금했다.

유나와는 집으로 가는 방향이 달라서 통학을 같이 할 수 없었다. 같은 무리에 속하기는 했지만 단둘이 만날 정도로 친하지는 않아서 학교 밖에서 본 적도 없었다. 그러던 어느 날, 동네 도서관에서 빌린 책을 읽고 있는데 유나가 내게 물었다. "거기 회원증 어떻게 만들어?" 나는 유나의 반응에 들뜨시 도서관 회원으로 등록하고 싶다면 나와 같이 가자고 했다. 토요일 수업을 마치고 우리는 '단둘이' 도서관에 갔다. 유나의 회원증을 만든 뒤 나는 유나에게 읽어볼 만한 책 몇 권을 소개해줬다.

"넌 다른 애들이랑 좀 다른 것 같아."

도서관 옥상 벤치에서 유나가 나를 보고 그 말을 했을 때 나는 내가 결국 유나에게 내 정체를 들켰다는 생각을 했다. 만약 유나가 중학교 때 나를 알았다면 절대 자기 무리에 끼워주지 않았으리라는 예감이 맞아떨어진 기분이었다. 당황해서 아무 말도 하지 못하는 내게 유나가 안심하라는 듯 미소 지으며 말했다.

"넌 좀 어른스러워. 항상 웃는데, 그게 가끔은 슬퍼 보이더라."

나는 대수롭지 않은 척 주제를 바꿔서 이야기했지만 유나의 그 말은 마음에 그대로 남아 있었다. 나도 늘 그렇게 생각했었으니까. 엄마가 잔소리를 해서 힘들다, 엄마 밥이 맛이 없다, 따위의 투정을 하는 애들을 보면서 그 애들의 철없는 이야기가 얼마나 어린애 같은지 속으로 비웃은 적이 많았으니까. 난 엄마가 사이비에 빠져서 다신 엄마 얼굴조차 볼 수 없게 됐어. 그렇게 소리 내어 말할 수는 없었지만 나는 나의 불행과 그것에 대해 토로하지 않고 견디는 내 모습이 어른스러움의 증표라고 생각하고 있었다.

내 웃는 모습에서 슬픔이 보인다는 유나의 말을 나는 이후로도 내내 생각했다. 그 말이 마치 나만의 고유함과 특별함에 대한 유나의 인정처럼 느껴져서였다. 그 부분을 의식하기 시작하면서부터 나는 유나 앞에서뿐만 아니라 다른 아이들과 함께 있을 때도 더 어른스러운 모습을 보이려고 노력했고 가벼워 보이지 않으려고 애썼다. 하지만 그렇다고 해서 나의 사정을 친구들이 알게 하고 싶지는 않아서, 나는 가장 가까운 선아에게조차도 내가 왜 서울로 이사를 왔는지 이야기하지 않았다. 엄마와 아빠는 여전히 법적으로 부부였고 그때의 나는 엄마가 곧 집으로 돌아올 거라고 생각했다.

하지만 엄마는 1년이 지나도 집으로 돌아오지 않았다. 나는 고등학교 2학년이 되었고 무리의 아이들과 찢어져 반 배정을 받았다. 유일하게 같은 반이 된 건 유나였다. 유나는 다시 반장이 되었고 중학교 때 친했던 아이들 두 명과 초등학교 때 친구 한 명, 그리고 나를 자기 무리로 확정했다. 우리는 다섯이었고 나는 나머지 수였다. 같은 무리라고는 했지만 다른 아이들은 좀처럼 내게 마음을 열지 않았고 마치 내가 지쳐 떨어져 나가기를 바라는 듯 보였다. 유나는 그런 와중에도 나를 챙겼다. 유나와 나는 토요일 수업이 끝나면 도서관 옥상에 가서 이야기를 나누었고 시청각실에 가서 같이 영화를 보기도 했다. 2학년 1학기가 지나면서 나는 엄마가 어쩌면 영원히 돌아오지 않을지도 모른다는 불안한 예감에 사로잡혔다. 그리운 마음은 그 마음의 크기 그대로 분노로 변했다.

1학기 기말고사가 끝나고 방학이 되기 전에 우리는 경주로 수학여행을 갔다. 어떤 사복을 입어야 튀지 않고 촌스러워 보이지 않을지 고민하며 친구들과 이대 앞에 가서 티셔츠와 바지를 고르던 기억이 난다.

경주에 간 우리는 한 유스호스텔에 도착해서 열 명씩 한 방에 들어갔다. 어떤 애가 팩 소주를 몇 개 가져와서 우리는 술을 돌려 마셨다. 팩 입구에 입을 대고 한 입씩 마시는 식이었다. 내 몸에는 알코올을 분해할 수 있는 효소가 없었고 나는 그전까지 내가 그런 사람인 줄 몰랐다. 나는 혼자 걷지 못할 정도로 취했다. 유나는 나를 부축해서 화장실에 데려갔고 토하는 내 등을 두드려줬다.

메스꺼움이 가시자 어쩐지 무척 기분이 좋아졌다. 나를 무겁게 짓누르던 감정이나 생각이 깃털처럼 가벼워지는 느낌이었다. 곁에 있는 유나에 대한 사랑이 쿵쿵거리는 내 심장 소리와 함께 피부로 느껴졌다. 평생을 함께한 쑥스러움과 부끄러움이 힘을 잃었고 알 수 없는 용기가 마음 깊은 곳에서부터 피어올랐다. 내가 늘 꿈꾸던 내 모습, 우물쭈물하지 않고 하고 싶은 말을 하는 용기 있는 모습이 겨우 소주 몇 모금에 이렇게 쉽게 주어지는 것이었나.

"유나야."

나는 비상구 계단에 앉아서 내 곁에 앉은 유나의 어깨에 머리를 기댔다. 유나는 나를 받아줬지만 그 상황을 달가워하는 것 같지는 않았다. 작은 배에 올라탄 것처럼 어지러운 와중에도 나는 유나가 나와 단둘이 있는 상황을 견디고 있다고 추측했다. 그런 유나가 내게 바라는 건 뭘까. 나는 고개를 들어서 유나의 얼굴을 봤다. 공기가 꼭 물처럼 일렁이고 있었고 유나의 얼굴도 또렷하게 보이지 않았다.

"넌 내가 왜 서울로 왔는지 알아?"

"모르지. 네가 얘기한 적 없잖아."

"선아에게도 하지 않은 얘기야……."

내 말에 유나가 흥미를 느끼기 시작하는 것 같아서 그 자리에서 나는 유나에게 숨겼던 내 이야기를 했다. 엄마가 어째서 그 종교 단체에 빠졌는지, 어떻게 서서히 나로부터 멀어졌는지, 결국 어떻게 우리를 떠났는지, 할머니 집이 있는 서울로 이사를 올 수밖에 없었을 때 내 상태가 어떠했는지, 그 사실을 숨기고 지낸 내 마음이 어떠했는지. 유나는 내 말 중간중간 내 마음에 공감해주는 제스처를 했고 나는 내 비밀을 공유한 유나와 예전과는 다른 더 특별한 관계에 진입한 듯한 기분을 느꼈다.

"다른 애들에게는 말하지 마."

"당연하지. 이건 너랑 나만 아는 비밀이야."

유나는 그렇게 말하고 내 머리카락을 쓰다듬었다. 그간 고생 많았겠다. 그 마음 다 숨기고 사느라 얼마나 힘들었니. 그런 말을 하는 유나를 보며 나는 유나에게 인정받은 기분을 느꼈다.

나는 어른이 되어서야 그때의 내 마음을 돌아봤다. 나는 유나의 공감을 바라서 그 말을 한 것만은 아니었다. 나는 유나에게 특별한 사람으로 인정받고 싶었고 유나가 나를 다른 아이들을 바라보는 것과 다른 시선으로 바라봐주기를 바라서 그런 말을 했다.

하지만 수학여행을 다녀오고 나서도 유나와의 관계는 별로 달라진 것이 없었다. 3학년에 올라가서 유나와 나는 다른 반이 되었고 다른 애들이랑 가끔 보는 것을 제외하고는 둘이 만나지 않았다. 우리는 같은 대학의 같은 단과대학에 입학하게 되었지만 지나가다 인사만 하는 정도의 사이가 됐다. 고등학교 때는 그렇게 특별해 보이던 유나가 대학 캠퍼스에서는 창백한 얼굴로 혼자 다니는 모습을 볼 때면 내가 알던 유나가 얼마나 진짜 유나의 모습에 가까웠는지 궁금하기도 했다. 내가 유나를 유나라는 사람으로 좋아했던 건지, 인기 있는 아이여서 선망한 것이었는지 알 수 없었다.

나는 유나에게서 내가 나에게 기대하는 모습을 봤는지도 모르겠다고 생각했다. 사람들의 사랑을 받고, 돋보이고, 무엇보다도 힘이 있는 존재, 누군가에게 끌려가거나 수동적인 위치에 처하지 않아도 되는 것처럼 보이는 그 애의 힘을 동경했는지도 모르겠다고 말이다.

하지만 여전히 나는 알고 싶었다. 유나는 내게서 무엇을 봤던 걸까. 왜 잘 알지도 못하는 나에게 먼저 친구가 되자고 손을 내밀었고 그렇게 친절했으며 한편으로는 절대로 내가 자신에게 더 가까이 다가가지 못하도록 했던 걸까. 나는 유나에게 언제나 벽을 느꼈고, 가장 가까워졌다고 믿었을 때조차도 내가 더 가까이 오지 않기를 바라는 그 애의 바람을 느꼈다. 유나에 대한 사랑은 그래서 나를 상처 입혔다. 대학에 들어가자 유나는 더는 우리 그룹의 모임에도 참석하지 않았다. 나는 캠퍼스에서 그 애를 우연히 만나면 반가운 표정으로 인사를 하면서도 속으로는 차가운 분노를 느꼈다.

대학교 마지막 학기 즈음 아빠는 엄마에게 소송을 걸어 이혼을 했다. 엄마는 종교 공동체에서 빠져나올 생각이 없었고 나는 엄마가 우리에게 돌아오기를 희망했던 마음을 완전히 접었다. 이혼 판결 이후 얼마 지나지 않아 나는 고등학교 친구 선아를 만나서 처음으로 엄마 이야기를 했다. 그간 그런 이야기를 숨겼다는 사실에 많이 놀라고 서운하지 않을까, 걱정하며 이야기했지만 선아는 내 말에 별로 놀라지 않았다. 나는 선아의 표정을 보며 그 애가 이미 이 모든 이야기를 알고 있었다는 걸 느낄 수 있었다. 그리고 내가 그 이야기를 털어놓은 유일한 사람, 유나를 떠올렸다.

"다 아는 얘기야?" 내 물음에 선아는 고개를 끄덕였다.

"그렇다고 너한테 물을 수는 없었어. 소문을 들은 것만으로도 너에게 미안했고. 그런데……"

선아는 빨대로 커피를 젓더니 말을 이었다.

"넌 나한테 하지도 않은 말을 왜 유나한테 했어?"

선아의 목소리가 떨렸다. 내가 어떻게 답해야 할지 망설이는 동안 선아가 다시 입을 열었다.

"네가 유나를 많이 좋아했던 건 알았어. 유나가 너한테 더 다가갔으면 넌 나랑 놀지도 않았을 거야."

"아니야. 무슨 말을 그렇게 해."

그렇게 답하면서도 나는 아마 그랬을 거라고 생각했다. 맞아. 그때의 나는 누구보다도 유나에게 관심받고 사랑받고 싶었어.

"그때 애들은 네 어머니 이야기 다 알고 있었어. 네가 그 사실을 아직까지 몰랐다는 게 놀라울 뿐이야. 그런 애한테 네가 마음 준 거 나한테도 상처였어."

"그런 애?"

"그래. 걔는 우리를 친구라고 생각하지 않았어. 친절했지만 그 이상 그 이하도 아니었어. 걔는 진짜 우정을 나눌 능력이 없었지. 그 어린애가 가면을 쓰고 자기에 관한 모든 건 다 숨기면서. 생각해보면 소름 끼쳐."

나는 선아의 말에 고개를 끄덕였지만 선아처럼 유나를 끔찍하게만 여길 수가 없었다.

선아와 만나고 집으로 돌아가는 길에 잊었던 기억 하나가 떠올랐다. 고등학교 3학년 때 내 짝이었던 애가 조심스레 내게 우리 엄마에 대해 물었던 장면이었다. '너희 어머니가 종교 단체에서 사셔?' 그 애는 분명히 내게 그렇게 물었다. '아니. 그게 무슨 말이야?' 나는 그렇게 답하고 대수롭지 않은 척 문제집에 시선을 뒀다. 당연히 유나가 소문을 퍼뜨렸다는 걸 알았어야 했지만 나는 그때 유나를 조금도 의심하지 않았다. 유나가 우리만의 비밀을 이야깃거리로 만들 거라고 믿을 수가 없었기 때문이었다. 그 기억을 떠올리고 나서야 나는 오래전에 흘려야 했던 눈물을 흘렸다.

그 이후 나는 내게 손을 흔드는 유나의 인사를 받지 않았다. 맞은편에서 유나의 모습이 보이면 유나가 나를 이미 보고 있는 상황이어도 등을 돌려서 다른 길로 갔다. 유나도 유나였지만 그런 유나를 진심으로 믿고 좋아했던, 더 가까워질 수 없어 안타까워하던 과거의 나를 용서하기가 어려웠다. 그래, 넌 날

우습게 봤어. 네가 나보다 잘났으면 얼마나 더 잘났길래 사람 마음 가지고 놀아? 유나에게 느꼈던 선망은 내 오래된 열등감의 다른 말이었다. 나는 유나를 증오하고 나서야 그 사실을 받아들일 수 있었다.

유나는 대학을 졸업하고 회계사가 되었다고 했다. 그 후로도 나는 가끔 동창들을 통해 유나의 소식을 들었다. 일을 열심히 한다고, 고등학교 동창들과는 잘 만나지 않는다는 이야기였다. 나는 광고회사에 들어가서 이십대 내내 일하다가 아이가 초등학교에 들어갈 무렵 회사를 그만둬야 했다. 일을 놓치고 싶지 않아 무리하면서 육아와 병행했지만 코로나바이러스가 번지고 아이가 대면 수업을 할 수 없게 되자 다른 방법이 없었다.

퇴사할 즈음 이사를 하면서 책장을 정리하다 은희경 작가의 『새의 선물』을 발견했다. 책 커버를 열자 그곳에 오래 잊고 있었던 유나의 글씨가 보였다. '생일을 축하해. 우리 더 친하게 지내자. 네가 내 친구여서 기쁘고 고마워.'

나는 유나의 글씨를 손가락으로 만져보면서 내가 이미 오래 전에 유나에 대한 분노와 유나에게 받은 상처를 버렸다는 걸 알았다. 나는 그 시절 유나에 대한 자격지심 때문에 나를 좋아한다고 고백하는 유나의 말을 단 한 번도 곧이곧대로 듣지 않았었다. 유나를 너무 좋아한 나머지 유나와 함께 있을 때 자연스러워질 수가 없었다. 나는 유나가 나를 더 가까이 오지 못하게 했다고 생각했지만 더 많은 시간이 흐르고 보니 먼저 다가온 쪽은 언제나 유나였다. 친구가 되자고 했던 것도, 도서관에 가자고 했던 것도, 좋아한다고, 더 가깝게 지내고 싶다고 표현한 것도 언제나 유나였다.

유나가 무슨 마음으로 내 비밀을 퍼뜨렸는지 나는 여전히 이해할 수 없다. 하지만 유나가 겉과 속이 달라서, 교활해서, 내게 상처를 주고 싶어서 의도적으로 그런 행동을 했다고 단정 짓고 싶지는 않다. 설령 그랬다고 하더라도, 유나가 내게 악감정을 지녔었다고 하더라도, 그럴 수 있다고도 생각한다. 그때 우리는 사랑과 증오를, 선망과 열등감을, 순간과 영원을 얼마든지 뒤바꿔 느끼곤 했으니까. 심장을 줄 수도 있다고 생각한 사람에게 상처 주고 싶다는 마음이 모순처럼 느껴지지 않았으니까.

영원히 용서할 수 없으리라고 생각했었는데, 유나에 대한 나의 마음은 그게 어떤 모습이든 늘 과하고 넘친다고 생각했었는데, 나는 이제 애쓰지 않아도 유나를 별다른 감정 없이 기억할 수 있다. 아마 영원히 그 애를 이해할 수는 없겠지만. 그런데도 나는 여전히 알고 싶다. 유나는 나를 어떻게 기억하고 있을까. 그 애는 지금의 나를 어떻게 생각할까.

데비 챙

　나는 데비를 이탈리아의 작은 마을 오르비에토의 종탑 위에서 만났다.

　종탑 꼭대기에 다다르기 위해서는 나선형의 좁고 가파른 계단을 오랫동안 걸어 올라가야 했다. 숨을 몰아쉬며 다다른 꼭대기에는 가이드북에서 사진으로 봤던 커다란 종이 있었다. 종에 가까이 다가가서 까치발을 하고 종의 내부를 살펴보고 있는데 반대편에서 누군가 나를 향해 외치는 소리가 들렸다. 소리가 나는 쪽으로 시선을 돌리니 깡마르고 까무잡잡한 동양인 남자애 하나가 내 반대편에서 자기 쪽으로 오라고 손짓하고 있었다. 나 말고 다른 사람이 더 있나 두리번거리자 그 애는 두 손으로 귀를 막는 포즈를 취했다. 그때 종이 울리기 시작했다. 머리가 깨질 것 같은 소리였다. 나는 그 소리에 얻어맞은 것처럼 자리에 쪼그리고 앉아서 귀를 막았다. 종은 쉬지 않고 한동안 계속 울리더니 곧 그쳤다.

종소리가 그치고 자리에서 일어나자 그 남자애가 내 쪽으로 걸어왔다. 너 괜찮아? 그 애는 그렇게 묻더니 자기 손목시계를 가리키며 1시야, 라고 내게 말했다. 자기는 곧 종이 칠 걸 알고 멀찍이 떨어져 있었다면서.

그런 말을 하는 그 애를 나는 곁눈질로 뜯어봤다. 나도 행색이 초라한 배낭여행객이었지만 그 애의 모습은 독보적이었다. 깡마른 몸에 무릎까지 오는 아디다스 반바지와 검은 민소매 티를 입고 있었는데 선크림을 바르지 않았는지 목과 팔 부분의 피부가 벗겨져 있었다. 미처 벗겨지지 않은 죽은 피부가 팔에 지느러미처럼 붙어서 바람이 불 때마다 팔랑대기까지 했다. 껍질이 벗겨진 부분의 팔이 햇볕에 붉게 익어 있었다. 이 상태라면 다음 단계로는 물집이 생길 것이 뻔했다. 내 피부가 벗겨진 것 같아서 나는 인상을 찌푸렸다.

선크림을 안 쓰니? 아파 보여.

나는 그 말을 하며 가방에서 선크림을 꺼내 그 애에게 건넸다. 그 애는 선크림을 한 손에 쭉 짜더니 얼굴과 팔, 목에 조심스럽게 발랐다. 자기는 원래 한여름에도 선크림을 안 바르는데 이탈리아의 태양이 상상 이상이라면서 태연하게 말했다.

그거 그냥 네가 가져. 난 선크림 많아.

진짜? 안 그래도 되는데.

말은 그렇게 하면서도 그 애는 자기 배낭에 선크림을 넣었다.

나는 데비야, 너는?

나는 남희야.

한국에서 왔지?

응. 너는?

홍콩.

우리는 천천히 나선형 계단을 내려오면서 별다른 말을 하지 않았다. 시계탑 밖으로 나와서 나는 그 애에게 작별 인사를 하려 했다.

이제 어디로 갈 거야?

그 애의 질문에 대답하려는 순간 뜨겁고 축축한 뭔가가 머리 위로 떨어졌다. 새똥이었다. 내가 당황해서 가방에 있던 껌 종이를 머리카락으로 가져나 대자 그 애가 자기 주머니에서 티슈를 꺼냈다. 그 애는 내 머리카락을 몇 가닥씩 들어 올리면서 침착하게 내 머리카락 위의 새똥을 닦아내기 시작했다. 그러더니 가방에서 물병을 꺼내서 티슈에 물을 묻혀 더 꼼꼼하게 내 머리카락과 두피를 닦았다. 나는 몇 번이나 고맙다는 말을 하면서 얼굴을 붉혔다.

아무리 닦아냈다고 해도 그 상태로 다시 대중교통을 이용할 수 없어서 나는 데비와 슈퍼마켓을 찾아가 샴푸를 사고 공중화장실 세면대에서 머리를 감았다. 데비의 가방에 있던 스포츠 타월로 물기를 닦아낼 수 있었다.

두오모가 보이는 길가 벤치에 앉아서 오후의 태양 볕에 머리카락을 말리는 동안 기분 좋은 바람이 불어왔다. 거기에 앉아서 나는 데비가 스물세 살로 나와 동갑이며 기계공학을 전공하고 비행기 정비사 준비를 하고 있다는 이야기를 들었다. 그 애는 〈시네마 천국〉을 보고 이탈리아를 여행해야겠다고 마음먹은 지 일주일도 되지 않아서 로마에 도착했다고 했다. 여행을 시작한 지 며칠 되지 않았고 남은 시간 동안 시칠리아까지 내려가면서 이탈리아의 크고 작은 도시들을 둘러볼 거라고 했다.

난 어제 도착했어. 오늘이 둘째 날이야.

왜 로마 구경을 안 하고 근교로 왔느냐고 물어볼 줄 알았는데 데비는 그러지 않았다. 나는 그 애에게 취직을 준비하고 있으며 종종 새똥을 맞는다고 나를 소개했다. 가장 싼 티켓을 사서 타이베이와 방콕에서 두 번의 경유를 했고 인천에서 로마까지 24시간이 걸렸다는 말도 했다. 90년대 홍콩영화를 좋아하고 특히 장만옥을 좋아한다고 하자 데비의 얼굴에 반가운 미소가 어렸다.

어릴 때 장만옥을 본 적이 있어.

뭐?

아버지가 방송국에서 카메라맨으로 일하셨거든. 놀러 가서 봤었어.

진짜야?

응. 나한테 사탕도 주고, 말도 걸어주고 그랬어.

거짓말 아니지?

응.

나는 그 애에게 내가 왜 장만옥을 좋아하는지 흥분해서 말하기 시작했다. 좋아한다기보다는 사랑한다고 해야겠지. 처음 그녀를 스크린에서 봤을 때 나는 사랑에 빠졌어. 저음의 목소리 하며 웃을 때 살짝 한쪽으로 올라가는 입꼬리에 아름다운 눈썹, 그리고 그 깨끗한 눈을 봐봐. 말을 하지 않고도 백 마디 말을 하는 것보다 더 많은 감정을 전달해. 장만옥이 사람일까? 아니 진짜로 장만옥을 본 적이 있다고?

2년 전쯤? 길 가다가 우연히 본 적도 있어.

거짓말.

내 말에 그 애는 어깨를 으쓱 올리고 미소 지었다.

모르지. 너도 언젠가 그녀를 보게 될지도.

그 말에 나는 헛웃음을 지었다.

그날 우리는 오르비에토를 같이 구경하고 기차를 타고 로마로 돌아왔다. 테르미니 역으로 돌아오는 길에 우리는 우리가 둘 다 영화를 많이 좋아하고 새로운 도전을 두려워하고 그러면서도 충동적으로 이탈리아행 비행기표를 끊었다는 공통점이 있다는 사실을 알게 됐다. 그리고 나는 그 애로부터 이름이 왜 데비인지, 영국 국적으로 홍콩에서 태어나고 자란 그에게 홍콩과 중국이 어떤 의미인지도 듣게 됐다.

나는 그때까지만 해도 북경어와 광둥어가 서로 통하는 말이라고 생각했고 홍콩과 중국의 관계도 잘 알지 못했다. 데비는 자신에게 그토록 중요한 문제에 대해서 아무것도 알지 못하는 나의 무지에 조금 놀라다가 천천히 내게 상황을 설명해줬다. 그런 그 애를 보면서 정작 홍콩에 사는 사람들의 삶에는 조금도 관심이 없으면서 홍콩영화를 좋아한다고 떠들어대던 내 모습이 부끄러워졌다. 테르미니 역에 도착할 때쯤이 되어서는 그 애에게 조금 미안한 마음이 들 지경이었다.

그 애는 로마를 조금 더 둘러본 후 나폴리에 들러 근교를 여행하고 최종 목적지인 시칠리아로 갈 거라고 했다. 나는 별다른 계획이 없지만 피렌체와 베로나, 베네치아에 가고 싶다고 말했다. 그럼 여기서 안녕이네. 그 애는 그렇게 말하고 테르미니 역 앞에서 손을 흔들었다. 나는 발길을 떼지 못하고 멀어지는 그 애의 뒷모습을 바라봤다. 그 애는 뭔가가 떠올랐다는 듯이 뒤돌아서 내게 소리쳤다.

선크림 고마워!

며칠 뒤 로마에서 피렌체로 가는 열차에서 나는 깊은 잠에 빠졌다. 역무원이 나를 깨우는 소리에 비몽사몽 일어나 티켓을 건넸다. 피곤한 날이었다. 역무원은 그 열차가 피렌체에 가지 않는다고 했다.

다음 역에서 내려야 합니다. 그녀가 말했다.

다음 역이 어디죠?

나폴리요.

여름이라 해가 늦게 졌지만 나폴리 역에 내리자 사위가 컴컴해지기 시작했다. 나는 공중전화로 걸어가서 가이드북에 나온 숙소 몇 군데에 전화를 해 자리가 있는 호스텔에 예약을 하고 그곳을 향해 걸어갔다. 호스텔은 좁은 골목에 위치해 있었고 그곳에 도착할 즈음에는 더위와 긴장 때문에 온몸에 땀이 흘렀다. 6인용 도미토리 방에는 작은 발코니가 밖으로 달려 있었다. 나는 그곳에 서서 맞은편 건물을 바라봤다. 발코니마다 빨랫줄에 빨래가 주렁주렁 걸려 있었고, 발코니에 기대어 바깥 구경을 하면서 이야기를 나누는 사람들의 모습도 보였다. 계획 대로라면 나는 피렌체의 아르노강이 보이는 숙소에서 이미 자고 있어야 했지만, 시원한 바람이 불어오는 나폴리의 한 발코니에 선 나는 어쩐지 그 순간이 그렇게 싫지만은 않았다.

다음 날 조식을 먹으러 간 호스텔 식당에서 나는 데비를 봤다. 우리는 서로를 보고 별로 놀라지 않았다. 데비는 앉아 있던 자리에서 쟁반을 들고 내가 앉은 테이블로 왔다. 북쪽으로 간다면서 나폴리라니. 그 애의 말에 나는 내 사정을 설명했다. 그 애는 엉뚱한 기차를 타는 게 말이 되는 일이냐고 나를 한참이나 놀렸다. 선크림을 잘 바르고 다녔는지 목 주변 피부가 더는 붉지 않았다. 여행한 지 일주일이 채 되지 않았지만 나는 어쩐지 외로웠고, 외롭다는 걸 인정하기 싫었지만, 그래도 또 외로워지곤 했다. 그런 상황에서 데비를 만났고, 데비 또한 나를 무척 반가워한다는 걸 느낄 수 있었다.

그날 데비와 나는 포지타노라는 작은 해변 마을에 가서 해수욕을 했다. 바다에 들어가자 소나기가 내렸고 우리는 별말 없이 바닷속에서 비를 맞았다. 얼마나 더 여행을 같이할지, 앞으로 어디로 가게 될지 우리는 따로 이야기 나누지 않았다. 다음 날 우리는 폼페이에 갔고, 그다음에는 카프리섬에 갔다. 카프리섬의 정상에서 데비는 내게 사랑하는 사람이 있으며 언젠가 그 사람과 결혼해서 이곳으로 신혼여행을 올 거라고 선언했다. 여자 친구가 아니라 사랑하는 사람이라니, 결혼이라니. 그런 데비가 그때의 내 눈에는 순진하고 촌스럽게까지 보였다.

데비와 나는 여행의 궁합이 잘 맞았다. 예산 규모와 씀씀이가 비슷했고 유명한 관광지를 가는 것보다는 골목길을 헤매는 것을 더 좋아하는 취향이 그랬다. 입맛도 비슷했고 커피를 못마시고 라거 맥주를 좋아하는 것도 같았다. 하루를 마치고 호스텔 주방 식탁에 앉아서 우리는 머리를 맞대고 하루 동안의 지출을 검토했다. 센트까지 반반으로 나눠 정리가 끝나고 나면 데비는 그 '사랑하는 사람'에게 편지를 쓰기 시작했고 나는 샤

위를 하고 잠자리에 들었다. 우리는 정해진 예산을 초과하지 않으려고 갖은 수를 썼고 슈퍼에서 산 빵과 잼으로 샌드위치를 만들어서 점심으로 먹는 식으로 여행을 했다. 생수를 사는 것이 아까워서 분수대에서 나오는 물을 마시는 정도였는데 그런 와중에도 데비는 자신의 사랑을 위해 아기자기한 기념품들과 엽서를 꼬박꼬박 샀고 우표를 사서 도시를 떠날 때마다 홍콩에 편지를 부쳤다.

시칠리아로 가는 기차 안에서 데비는 내게 그녀에 대해 이야기해줬다. 메시나해협을 건너는 동안 데비의 이야기를 들으며 나는 얼굴도 본 적 없는 그녀에게 호감을 느꼈다. 그리고 데비가 그녀를 한 사람의 인간으로 존중하고 지지하고 있다는 것도 느꼈다. 처음 데비가 사랑이라는 말을 입에 올렸을 때 거부감을 느낀 건 내게 '사랑'을 고백했던 남자들과의 기억 때문이었는지도 모른다는 생각이 들었다. '너를 사랑하는 나'에 도취한 모습과 그 고백을 받아들이지 않았을 때 내가 원하지 않는 방식으로 내게 감정을 강요하던 남자들에 대한 기억이 내 안에서 사랑이라는 말을 오염시켰기 때문이었는지도 몰랐다.

사랑이라는 말이 꼭 협박처럼 느껴져 마음 깊은 곳에서 떨었던 기억이 잊히지 않았기 때문이다.

우리는 〈시네마 천국〉의 주 무대가 된 체팔루에 도착했다. 이탈리아 본토의 작은 마을과도 다른 느낌이 드는 평화롭고 조용한 마을이었다. 아이 둘을 데리고 바닷가에 놀러 온 젊은 부부를 보며 데비는 내게 말했다. 자기도 저런 가족을 꾸리고 싶다고. 살면서 꿈이 하나 있다면 자신만의 가족을 가져보는 것이라면서 아내와 아이들에게 무조건적인 사랑을 주고 싶다고 했다.

너도 자라면서 외로움을 많이 느꼈니. 그렇게 따로 묻지 않았던 건, 외롭지 않았던 사람들에게 사랑이 넘치는 가족이란 꿈처럼 대단한 목표가 아니라 공기나 물처럼 당연히 주어지는 것이기 때문이었다.

넌 정말 낭만주의자인 것 같아. 벌써 애들 이름도 지어둔 거 아니야?

나는 데비에게 놀리듯이 그렇게 말하고는 자리에서 일어났다. 그 순간 나는 데비와 같은 꿈조차 꿔보지 못한 나를 발견했다. 안정적인 직장을 잡고 누구에게도 아쉬운 소리 하지 않고 노후까지 돈 걱정 없이 사는 것이 내 유일한 목표였기 때문이었다. 가족이니, 자식이니 같은 건 내게 너무 사치스러운 생각이었다. 사는 게 팍팍하니까 그런 말랑말랑할 꿈 꿀 시간 없어, 라고 생각했지만 나는 기본적으로 그렇게 살 자신이 없었던 것 같다. 그런 삶을 원하나, 원하지 않나, 라는 질문에 나는 제대로 대답할 수 없었다. 내가 무엇을 원하는지 제대로 알지 못했기 때문이었다.

우리는 열흘을 같이 여행했고 내가 먼저 이탈리아를 떠났다. 팔레르모의 버스 정류장에서 데비는 엽서 한 장을 건넸다. 오르비에토의 종탑이 수채화로 그려진 엽서였다. 버스에 오르며 나는 그 애에게 손을 흔들었다. 고작 열흘간 같이 여행했을 뿐이었는데 이상하게 정이 많이 들어서 목이 잠겼다. 버스에 올라타서 공항으로 가는 길에 나는 조금 울다가 데비가 준 엽서를 읽었다. 새똥을 조심해, 엉뚱한 기차를 타지 마, 동행이 되어줘서 고마웠어. 엽서의 말미에는 데비의 이메일과 블로그 주소

가 적혀 있었다.

데비는 영어로 영화 리뷰를 쓰는 블로거였다. 우리가 만난 2005년까지만 해도 100편이 넘는 리뷰가 올라와 있었고 적어도 일주일에 두 번은 새 글이 올라왔다. 꽤 재미있는 글들이어서 따라 읽고, 영화에 대한 내 의견을 댓글로 달기도 했다. 우리는 종종 이메일을 주고받았고 얼마 지나지 않아 둘 다 대학을 졸업했다. 데비는 비행기 정비사로 바로 취직을 했지만 나는 대학을 졸업한 후에도 1년 반 동안 취업 준비를 했다. 스물여섯에 겨우 들어간 회사에서 상처를 많이 받았는데 그 직장이 아니고서는 대안이 없다고 생각해서 참고 다녔던 것이 정신적으로도 신체적으로도 좋지 않은 결과를 줬던 것 같다. 적어도 3년은 참고 경력을 쌓아 이직을 하자고 생각하면서 왕복 세 시간의 통근을 하는 동안 나는 한없이 날카로운 사람이 되어갔다.

데비와의 이탈리아 여행을 떠올리면 늘 양가감정이 들었다. 그 하늘이며 바다며 골목이며 노을이며 널어놓은 빨래마저도 아름답게 보이던 그곳에서 차가운 마음이 녹아내리던 순간이 그립기도 했고, 사랑이니 꿈이니 같은 이야기를 하던 데비의 순진하고 낭만적인 생각에 동요되던 나 자신이 짜증스럽게 느껴지기도 했다. 그런 이야기도 결국 자기 기술이 있고 직장을 잡을 능력이 되는 사람이었기 때문에 지닐 수 있는 여유였다는 생각이 들었던 것이다. 데비가 블로그에 추천하는 영화들과 그 애의 따뜻하고 섬세한 평가들이 눈에 거슬리기 시작했다.

스물일곱의 내가 입사 2년 차의 힘든 시기를 보내고 있을 때 데비는 내게 이메일로 청첩장을 보냈다. 사랑하는 사람과 결혼을 하게 되었으니 축하해달라는 말이었다. 청첩장 속 데비의 사진은 내가 알던 그 애의 모습이 아니었다. 얼굴과 몸에 살이 붙어서 더는 깡마른 모습이 아니었고 단정하게 정리한 머리카락에 무엇보다 표정에서 여유가 묻어 나왔다. 데비의 여자 친구는 데비보다 두 살이 더 많았고 그해 물리학으로 박사학위를 받았다고 했다. 데비가 그녀를 얼마나 자랑스러워했을지 나는 눈을 감고도 그 애의 표정을 그려볼 수 있었다.

꿈을 이룬 것을 축하해, 데비.

거기까지 쓰고 나는 생각했다.

데비, 나는 다시 잘못된 기차에 탔어.

데비는 자기 인생에서 무엇을 원하는지 정확히 알고 있었고, 그것을 이뤄낼 수 있다는 낙관을 지니고 있었다. 그것이 데비와 나의 결정적인 차이였다. 사람은 자기보다 조금 더 가진 사람을 질투하지 자기보다 훨씬 더 많이 가진 사람을 질투하지 않는다고 한다. 그래서 나는 데비를 질투할 수조차 없었다.

내 마음속에서 정해놓았던 기한인 3년이 흐르고 난 후에도 나는 첫 직장을 떠나지 못했다. 이직을 할 자신이 없었으면서 그걸 인정하고 싶지 않아서 그 회사의 좋은 점들을 하나하나 꼽아보고 그곳에 남아 있는 편을 택했다. 나는 변화를 싫어하는 사람이었고, 불안정한 가능성보다는 불행 속에서 익숙해지고 체념하는 편을 선호했다. 다들 이렇게 살잖아? 나 자신에게 그렇게 설득할 때 내 나이는 스물아홉이었고 너무 늦어버렸다는 생각을 자주 했다. 다른 삶을 추구하기에도 너무 늦어버렸고, 진짜 삶이라는 것을 살아보기에도 너무 늦어버린 나이라고 확신했다.

데비에게서 짧은 메일이 온 건 스물아홉의 초겨울이었다.

그 애는 홍콩 공항에서 비행기를 타기 직전에 내게 메일을 남겼다. 나는 시계를 확인했다. 이미 데비가 한국에 도착했을 시간이었다. 동대문구에 있는 비즈니스호텔에 숙박할 예정이라고 했다. 그 애는 담담하게 자신이 지난 석 달 동안 겪은 일을 메일로 썼다. 아내가 죽었고 장례를 치렀고 함께 살던 집에서 이사를 나왔고 홍콩은 너무 좁은 곳이고 모든 것이 견딜 수가 없다면서. 아무 비행기표나 끊어놓고서 한국에 내가 살고 있다는 걸 떠올렸다고 했다. 내가 그 메일을 읽은 건 수요일 오전이었다. 나는 데비에게 회사에 가야 하니 가능하다면 내 회사가 있는 구로동으로 오라고 했다. 짧은 영어로 그 애가 겪은 일을 위로하는 문장을 써보려고 노력했지만 이메일에 몇 줄 쓴 말들이 가볍게만 느껴졌다.

우리는 회사 근처 초밥집에서 만났다. 그 애는 검은 오리털 파카를 입고 있었는데 한국에 도착해서 막 사서 입었는지 가격표가 그대로 붙어 있었다. 너 이러고 다녔니? 나는 필통에서 커터 칼을 꺼내서 가격표를 떼어주고 그 애와 마주 보고 앉았다. 실내여서 공기가 따뜻한데도 그 애는 파카를 벗지 않았다.

한국 많이 춥지. 휴가는 며칠이나 받았어? 먹은 건 좀 있어? 무슨 말을 해야 할지 몰라서 나는 이런저런 질문을 던졌고 데비도 그 마른 얼굴로 애써 웃으며 내 말에 대답했다. 그 모습을 보고 있자니 이상하게도 목이 메었고 초밥이 나올 때쯤에는 눈물이 멈추지 않았다. 남희, 남희, 난 괜찮아, 정말 난 괜찮아. 오히려 데비가 나를 달래주었고 나는 내가 왜 그렇게 슬픈지, 왜 눈물을 멈출 수 없는지 이해할 수 없었다. 데비는 행복해야 할 사람이었다. 그녀 또한 그래야 했다.

눈물을 닦고 데비를 바라보자 그 애가 말했다.

남희, 나는 아무것도 후회하지 않아. 운이 좋았지. 그녀와 만나고 사랑할 수 있었잖아. 그게 어떤 건지 태어나서 경험할 수 있었잖아. 어릴 때는 내가 왜 태어났는지 이해할 수 없었어. 하지만 이제 그 이유를 알지. 이런 사랑을 경험해보려고 태어났구나. 그걸 알게 됐으니 괜찮아.

나는 데비의 얼굴을 바라보며 조용히 고개를 끄덕였다. 그 말이 자기 위안을 위한 거짓이 아니라는 것을 나는 그 애의 얼굴을 보며 이해할 수 있었다. 예전의 나였다면 나이브하고 어리석은 생각이라고 속으로 비웃었을 말이었지만, 그 말을 듣던 순간 나는 데비의 그 말을 온전히 받아들였다. 데비는 단순히 순진한 낭만주의자가 아니었다.

데비는 그 주 주말까지 서울에 머무르다 홍콩으로 돌아갔다. 그 애는 영화 리뷰를 올리는 블로그를 제외하면 어떤 SNS도 하지 않았는데 서른 살 여름에 블로그의 문도 닫았다. 이제 우리는 서로의 생일에 메일을 주고받는 정도의 사이가 되었다. 서른여덟이 되던 해에 데비는 아내와 사별한 지 9년 만에 재혼했고 이듬해에 첫아이를 만났다.

서른여섯에 홍콩으로 출장을 갈 일이 있었다. 그때 나는 데비에게 연락하지 않았다. 내가 그 애의 일상에 노크하기에는 그 애로부터 너무 멀어진 친구가 되었다는 생각이 들어서였다. 처음 가본 홍콩에서 나는 〈중경삼림〉에서 왕페이가 탔던 미드레벨 에스컬레이터도 타보고 〈첨밀밀〉에서 장만옥과 여명이 좋아하던 등려군을 기념해 만든 카페에도 가보았다. 〈화양연화〉의 장만옥과 양조위가 식사를 같이하던 골드핀치 레스토랑에도 갔다. 〈성월동화〉에 나온 비토리아 피그에도 올라가봤다. 그곳에서 홍콩의 야경을 바라보며 나는 그곳 어딘가에 있을 데비를 생각했다. 홍콩영화에 빠져들었던 이십대 초반 시절과 한때는 그저 미숙한 시절이라고 깎아내렸던 데비와의 여행이 떠올랐다.

한국으로 돌아가는 아침에 나는 일찍 일어나서 호텔 근처의 더들 스트리트를 산책했다. 인적이 없는 계단을 오르는데 누군가가 계단 아래로 내려오고 있었다. 청바지에 가죽 재킷을 입고 천천히 계단을 내려오는 그녀의 모습을 보고 나는 더는 계단을 오르지 못하고 그 자리에 멈춰 섰다. 그녀는 자신에게 시선을 거두지 못하는 나를 보고 익숙한 상황이라는 듯이 장난스러운 미소를 지었다. 점점 나와 가까워지는 그녀를 보며 나는 언젠가 데비가 내게 했던 농담을 생각했다.

모르지. 너도 언젠가 그녀를 보게 될지도.

꿈결

정민은 매일 꿈을 꿨다. 어두운 밤에 낯선 도시에서 길을 잃어버리는 꿈, 엘리베이터가 계속해서 추락하는 꿈, 강 건너편의 아름다운 성을 바라보면서도 그곳으로 건너가지 못하는 꿈, 알지도 못하는 스페인어를 학생들에게 강의해야 하는 꿈, 결혼식이 시작되었는데 그제야 드레스를 고르며 조급해하는 꿈, 로켓을 타고 지구 궤도를 도는 꿈, 공중화장실에 갔는데 변기가 모두 더럽거나 문이 달려 있지 않아서 어디에도 들어갈 수 없는 꿈…….

꿈에서는 늘 가는 장소가 있었다. 갈 때마다 외로웠던 친척의 집, 다니던 고등학교 교실과 급식실, 중학교 1학년 때의 교실과 중학교 근처의 골목길, 할머니 할아버지와 함께 지냈던 복도식 아파트의 작은 방, 먼 미래에나 있을 법한 거대한 주상복합건물도 항상 등장하는 장소였다(그곳에서 사신이 사는 집을 계속해서 찾는 꿈이 잦았다).

꿈속에서 길을 잃어서 한참 헤매거나 고된 일들을 겪으면 일어나고 나서도 피곤했다. 암막 커튼으로 모든 빛을 차단하고, 귀마개를 하고, 최대한 편한 잠옷을 입고 잠을 자도 깊이 자지 못했다. 잠에서 깰 때면 영화를 보고 일어난 기분이 들었다. 마그네슘이 숙면에 좋다고 해서 먹어도 봤지만 별다른 소용이 없었고, 운동 또한 도움이 되지 못했다. 어릴 때는 너무 깊이 잠들어서 문제였다. 너는 잘 때는 누가 업어 가도 모르겠다니까. 정민은 어려서 그런 핀잔을 많이 들었었다.

꿈에 잠식되는 잠을 자기 시작한 건 성인이 된 이후였다. 기질적으로 예민하기도 했지만 무슨 이유였는지 나이가 들수록 작은 스트레스에도 쉽게 지쳤다. 고양이 금덕이를 키우면서부터는 그 애의 작은 기척에도 마음이 쓰여 잠귀가 밝아졌다. 정민은 금덕이와 15년을 함께 살았다.

금덕이는 정민의 얼굴 옆에서 같이 잠을 자곤 했다. 한밤에 문득 눈을 떠보면 몸을 동그랗게 말고 자고 있거나 우두커니 앉아서 자신을 바라보는 금덕이가 보였다.

정민아.
돌아가신 할아버지는 잠결에 종종 정민의 이름을 불렀다. 창밖을 보고 있다가도 정민아, 싱크대 앞에 서 있다가도 정민아, 하고 혼잣말을 했다. 할아버지 왜? 정민이 물어보면 아니야, 라고 대답했다. 자신이 정민의 이름을 부른 사실조차 모르는 것처럼 보였다. 할아버지는 물리적으로 그곳에 있는 정민을 부르는 것이 아니었다.
금덕, 금덕이, 금덕아.
금덕이가 세상을 떠난 지도 3년이 되었지만 정민은 자기도 모르게 금덕이의 이름을 부르곤 했다. 그런데 넌 왜 내 꿈에 나오지 않아? 어떻게, 단 한 번도 나오지 않을 수 있어? 정민은 종종 금덕이를 원망하며 속으로 말했다.
금덕이만 그런 건 아니었다. 정민의 꿈에는 그리운 존재들이 나타나지 않았다. 돌아가신 할아버지도, 오래전에 헤어진 윤이도 나오지 않았다. 꿈에 죽은 가족이나 반려동물이 나왔다고, 정말 꿈같지 않았다는 사람들의 이야기를 들을 때면 성빈은 그들이 부러웠고, 꿈이라도 좋으니, 환상이라도 좋으니 단 한 번만이라도 그리운 존재들을 만나고 싶었다.

푹 자지는 못했지만 그래도 일상은 진행됐다. 정민에게는 일이 있었고, 출근을 위해 매일 6시에 일어나야 했으니까. 그런 규칙적인 일상이 자신을 살아가게 한다는 것을 정민은 알았다. 그런 강제가 있기에 삶이 돌아갔다. 휴일이 되면 아침에 눈을 뜨지 못하고 누워서 정신없는 꿈을 꿨으니까. 일어나서 살아갈 하루에 대한 기대가 없어서, 일어나는 일이 그렇게 어려운 것일지도 몰랐다.

언제까지 어린이집 일을 할 수 있을까. 처음 이 일을 시작했던 때가 엊그제 같은데 벌써 10년 차였다. 스물여덟에는 자신보다 열 살 더 많은 선생님들이 정말 나이 든 사람들로 보였었는데. 지금의 자신 또한 어린 선생님들에게 그렇게 보일 터였다. 10년은 많은 것들을 바꿔놓고 빠르게도 흘러갔다.

시간은 손끝으로 정민의 뺨을 때리며 약 올리듯이 지나갔다. 아프지는 않았지만 당황하지 않았다고 말할 수는 없었다. 금덕이와 함께 산 15년의 시간도 그랬다. 금덕이를 화장하고 그 따뜻한 재가 담긴 분골함을 들고서 정민은 새끼 고양이였던 금덕이를 떠올렸다. 그때가 손에 잡힐 듯한데 그사이 15년이 흐른 거였다.

15년.

윤이는 우리의 삶이 학교라면 한 학년이 15년이라고 말하곤 했다. 태어나서 열다섯까지가 1학년, 열여섯부터 서른까지가 2학년, 서른부터 마흔다섯까지가 3학년……. 명이 길어 아흔까지 산다면 6학년을 졸업할 수 있다는 말이었다. 윤이다운 엉뚱한 소리라고 생각했지만 정민은 그 이야기를 오래 의식했다. 그런 셈법을 사용한다면 정민은 윤이와 2학년에서 3학년으로 넘어가던 겨울에 헤어진 거였다. 정민의 2학년은 윤이로 가득했다. 그 학년에서 가장 친했던 친구는 윤이였다.

6학년이 되면 2학년 때 친했던 친구는 희미해지잖아.

윤이와 헤어지며 정민은 호기롭게 말했었다. 우리는 그저 한

시절을 함께 보낸 친구이고 그 사실을 받아들여야 한다는 말이었다. 그것이 어떤 자만이었는지 정민은 이제 아프게 안다. 서른에 윤이는 호주로 이민을 갔고 이제 둘은 이제 페이스북 친구조차도 아니었다.

그냥 한번만 안아볼까.

지하철역 입구에서 윤이가 두 팔을 벌렸고 정민은 윤이의 품에 안겼다. 방수 처리된 외투가 까끌까끌했고 푹신했다. 슬프면서도 한편으로는 긴장이 풀리는 기분이었다. 처음으로 안아보는 것이지만 이 느낌을 알고 있다는 생각도 들었다. 안전하고 따뜻한, 편안한 기분. 그런 상황에서 편안함을 느낀다는 것이 이해되지는 않았지만 그런 느낌이 들었다.

먼저 몸을 뗀 건 윤이였다. 윤이는 굳은 얼굴로 정민을 한참 바라보다가 지하철 입구 계단으로 내려갔다. 정민은 윤이의 뒷모습을 보지 않고 얼마 전 비가 내려 축축하게 젖은 보도를 바라보며 걸음을 재촉했다.

그날 윤이는 정민에게 말했다.

우리 둘 다 우리를 위해 더 노력했어야 했다고 생각해.

정민은 윤이의 말에 대답하지 않았다.

마음을 강요할 수는 없다고 생각하지만, 넌 내게 솔직하지 못했어.

알아.

정민은 속으로 생각했다.

나는 너를 사랑했어. 네가 나를 좋아하지 않았다면 더 좋았을 텐데. 그랬다면 모든 게 수월했을 텐데. 내가 너를 조금만 덜 사랑했더라도 우리는 이런 모습이 되지 않았을 거야.

후회할 일이라는 것을 몰랐던 건 아니었다. 하지만 자신이 없었다. 마치 그런 꿈을 꾸는 것 같았다. 춥고 배가 고픈데 눈앞에 있는 따뜻한 죽을 입에 댈 수 없는 꿈. 숟가락을 들고 죽을 떠서 입으로 옮겼는데 도무지 먹을 수가 없는 꿈. 몇 입이라도 먹고 싶은데 도무지 그럴 수가 없는 꿈. 정민은 윤이의 사랑을 받는 법을 알 수 없었다. 윤이가 자신을 좋아한다는 것을 확신한 순간 두려워졌다. 도망가야 했다. 스무 살부터 이어오던 윤이와의 관계를 망가뜨릴 수는 없었다.

나는 너도 나와 같은 마음이라고 생각해.

윤이의 말에 정민은 고개를 저었다.

그런 적 없어.

그렇게 말하는 자신의 얼굴을 바라보던 윤이의 표정을 정민은 기억한다. 정민은 윤이에게 숨길 수가 없었다. 최선을 다해서 자기 마음을 숨겨왔지만 윤이가 아무것도 모를 수는 없는 일이라는 걸 정민도 알고 있었다. 그렇게 거짓말하는 모습을 윤이는 실망스럽다는 듯이 바라봤다.

그리고 지금, 정민은 윤이를 처음 만났던 세종문화회관 앞 계단에 앉아 있다. 윤이를 기다리고 있다. 헤어진 지 9년 만이다.

정민아.

윤이는 흰색 폴로 티셔츠에 베이지색 면바지를 입고 있다. 얼굴 살이 빠져서 예전보다는 날카로워 보이지만, 웃을 때 입가에 주름이 지는 모습이 그런 날카로움을 지우는 듯하다. 왜 너를 이렇게 밝은 시간에 보자고 한 걸까. 햇빛이 너무 강해서 얼굴에 있는 모든 보기 안 좋은 것들이 드러나는데. 내 흉터들, 주름들, 잡티들이 고스란히 드러나 보일 것 같은데. 정민은 그런 이유로 윤이의 얼굴을 제대로 바라보지 못한다.

요즘 잠은 잘 자?

윤이가 묻는다.

9년 만에 보는데 꼭 최근에도 만났던 사람처럼 물어본다.

그렇게 답하고 나자 정민은 윤이와 떨어져 있던 시간이 실감 나지 않는다.

우리 어디 그늘로 갈까? 여긴 너무 밝아서 눈이 부셔.

정민의 말에 윤이가 고개를 젓는다.

그냥 여기 있자.

윤이가 그렇게 말하고 정민의 얼굴을 본다. 밝은 빛이 비치고 있다는 실감만 날 뿐이지 빛의 온기는 느껴지지 않는다. 지금이 가을인가? 정민의 질문에 윤이는 조용히 웃을 뿐이다.

우연히라도 마주치고 싶었지만 그럴 수 없단 걸 알았어. 우연이 계속된다는 건 가능한 일이 아니니까.

정민이 말한다.

스무 살 가을에 정민은 아버지가 베이시스트로 세션에 참여한 가수의 공연을 혼자 보러 갔다. 그때 옆자리에 앉아 있던 사람이 윤이였다. 윤이의 아버지도 세션에 참여한 기타리스트였다. 각자의 아버지에게 인사를 하러 대기실에 갔고 그곳에서 정민은 윤이에게 처음 인사를 했다. 둘은 서로 이야기를 나누며 세종문화회관의 긴 계단을 내려왔다. 서로의 아버지가 얼마나 철이 없고 말썽을 부리는지에 대해서, 하지만 얼마나 순수한 사람들인지, 공연장에서의 모습이 얼마나 보기 좋은지에 대해서 이야기했다.

정민이나 윤이나 다룰 수 있는 악기가 없다는 말을 하며 웃었다. 둘은 동갑이었고 알고 보니 같은 동네에 살았다. 정민이나 윤이가 다른 날 공연을 보러 갔다면 둘은 애초에 만나지 않았을 것이다. 그날 같은 공연을 본 것이 첫 번째 우연이었다.

두 번째 우연은 윤이가 정민이 아르바이트하던 영화관에 새로운 아르바이트생으로 온 일이었다. 둘은 그 영화관이 없어지던 스물다섯이 될 때까지 같이 아르바이트를 하며 동네 친구로 지냈다. 둘 다 그 나이까지 휴학과 복학을 반복하며 대학을 다녔다는 공통점도 있었다. 무리하지 않는다면, 더 많은 것을 바라지 않는다면, 자기 감정을 잘 숨긴다면 윤이를 잃지 않을 수 있을 거라는 생각을 하며 정민은 마음을 다스렸다.

윤이의 인내심은 정민보다 강하지 못했다. 윤이는 정민이 자기 감정에 솔직하지 못하다면 정민을 친구로도 만날 수 없다고 했다. 그때 정민은 흔들렸지만 이런 상황에서 윤이를 잃는 것이, 윤이와 연인이 된 후에 서로에게 실망하고 상처 입는 것보다 덜 아플 거라고 판단했다.

정민은 지금 곁에 앉아 있는 윤이를 보며 생각한다.

너는 진짜였고 나는 그게 무서웠지. 네가 나를 좋아한다면, 네가 내 안에서 무언가 좋은 걸 본다면, 그건 오해일 뿐이고 넌 네가 속았다는 걸 곧 알아차리게 될 거라고 생각했어. 그리고 떠날 거라고. 난 그걸 견딜 수 없을 테고.

정민은 속으로 말한다.

말도 안 되는 소리를 하고 있구나.

윤이가 정민의 마음을 듣기라도 한 것처럼 말한다. 그런데도 어쩐지 정민은 이런 상황이 이상하게만 느껴지지 않는다.

네 사랑은 나를 초라하게 했어. 너는 이 마음을 몰라.

정민은 고개를 숙이고 입을 열어 말한다.

나한테 그렇게 솔직하게 말했으면 좋았을 거야. 그랬다면 방법을 찾을 수 있었을 거야.

윤이가 조용하게 답한다.

후회하고 있어.

그렇게 말을 뱉고 나서 정민은 자신이 윤이에게 이런 말을 할 수 없는 사람이라는 생각을 한다. 이건 현실이 아니야.

지금 이거, 꿈이구나.

정민의 말에 윤이가 엷게 웃는다.

내 꿈 안이야.

그래.

하긴, 우리가 어떻게 만나.

정민은 윤이의 얼굴을 보며 웃는다. 둘은 소리 내어 같이 웃는다. 너무 웃어서 정민은 꿈의 갈라진 틈으로 빠져나갈 뻔한다. 깨고 싶지 않다.

윤이가 걱정하지 말라는 듯이 정민을 바라보다 입을 연다.

우리는 네 꿈에서 자주 만났어. 알잖아, 꿈을 기억할지 말지는 너의 선택이었다는 거. 넌 깨어나기 전에 선택할 수 있었어. 그리고 매번 기억하지 않는 걸 선택했고.

그랬구나.

그랬어.

그랬던 것 같아.

응.

윤이는 정민의 얼굴을 바라보며 애써 웃어 보였다. 구체적으로 기억나는 건 아니었지만, 꿈에서 윤이를 만난 건 지금이 처음이 아니었다. 할아버지도, 금덕이도 꿈에서 만났었다. 그 사실을 알아차린 순간 정민은 이해했다. 의식적으로는 꿈에서라도 만나고 싶다고 생각했지만, 더 깊은 마음속에서는 자신에게 그런 식으로 위로받을 자격이 없다고 믿었다는 것을.

너는…….

윤이가 슬픈 표정으로 말한다.

너는 너를 용서해야 돼.

정민이 고개를 끄덕인다.

이 꿈은 또 지워질까.

윤이의 질문에 정민은 답하지 못한다.

이제는 네 얼굴도 구체적으로 잘 떠오르지 않아. 화소가 낮은 사진처럼, 뿌옇게 보여. 네 목소리도, 아주 멀리서 들리는 소리처럼 기억돼.

정민이 말한다.

꿈처럼?

응. 꿈처럼.

그래도 사라지지 않아서 다행이네.

윤이는 그렇게 말하고 자리에서 일어나서 장난처럼 계단을 한 칸, 한 칸 천천히 내려간다. 윤이가 계단을 내려갈 때마다 시계의 초침이 움직이는 소리가 들린다.

윤이야.

정민의 목소리에 윤이가 발길을 멈추고 정민을 돌아본다.

윤이야, 윤이야.

윤이를 부르는 자신의 목소리에 정민은 꿈에서 깨어났다. 계단을 한 칸 한 칸 내려가던 윤이의 뒷모습, 그래도 사라지지 않아서 다행이네, 라는 말 속의 안도감이 눈을 뜨고도 생생하게 느껴졌다. 너는 너를 용서해야 해, 머뭇거리며 그 말을 하던 윤이의 얼굴은 꿈속처럼 모호하지 않았다.

자리에서 일어나서 정민은 한동안 침대에 걸터앉아 있었다. 알람은 10분 후에 울릴 것이었다. 아무리 생생한 꿈이라고 하더라도 꿈은 깨고 나면 유리창에 내려앉은 눈송이처럼 녹아 흘러내렸다. 그 꿈이 사라지기 전에 정민은 연필을 들고 노트에 글을 쓰기 시작했다. '나는 세종문화회관 앞에서 윤이를 만났다'로 시작되는 글을.

숲의 끝

결국 너를 만나지 못하고 한국에 돌아왔어. 계획대로라면 우리는 저번 주에 네가 사는 오울루에서 만나 시간을 보내고, 버스를 타고 북쪽으로 더 올라가 예전에 우리가 살던 곳에 갔어야 했잖아. 하지만 핀란드로 들어가기 한 주 전에 내가 머물던 도시에서 바이러스 통제를 위한 봉쇄가 시작되었고 여행은 꿈도 꿀 수 없는 일이 되었지.

한국으로 돌아오는 비행기 안에서 나는 내가 너를 20년이 넘는 시간 동안 찾아가지 않았던 이유를 생각했어. 항상 머리로 생각하는 이유는 있었던 것 같아. 헬싱키도 아니고 오울루라니 너무 멀다고, 핀란드야 언제든 갈 수 있는 곳이니까 안 가본 나라들을 먼저 가봐야 한다고. 대학을 졸업하고 오페어 비자로 영국에 머물고 있었을 때도, 나는 시간이 나면 주변 나라들을 가면서도 네가 있는 핀란드에는 가지 않았지. 언제나 가지 않을 이유가 있었던 것 같아.

한국으로 돌아오는 비행기 안에서 나는 사실 조금 안심했어. 너를 만나지 않아도, 핀란드에 가지 않아도 될 이유가 분명히 있다는 사실에 안도했던 거야. 너를 20년 만에 다시 만나고, 우리가 살던 곳에 다시 발을 디딘다는 사실이 무서웠던 것 같아. 내가 무서워? 이 글을 읽는 너는 그런 생각을 하지 않을까. 그래, 나는 너를 다시 만나는 것이 무섭고 두려웠던 것 같아. 너무 오랜만에 만나서 쑥스럽고 불편한 것이야 자연스러운 마음이겠지만, 그걸 넘어서는 어떤 두려움이 있었어.

나는 아직도 아버지가 핀란드에서 어떤 일을 하셨는지 정확히는 몰라. 내 나이 열일곱에 핀란드에 가서 열아홉에 한국에 돌아왔으니까, 2년이라는 그 짧은 시간 동안 우리 가족에게 벌어졌던 일이 무엇인지 이해하기는 어려웠어. 아버지의 군대 선임이었던 의중 아저씨의 일을 돕겠다고 간 것이었는데, 너도 알다시피 사업은 잘되지 않았고 우리는 핀란드 정착에 실패했지. 의중 아저씨도 우리가 한국에 돌아가고 2년 뒤에 다시 한국으로 오셨잖아.

그 시절의 일은 되도록 생각하지 않으려고 했던 것 같아. 마음 깊이 생각을 억압해서였는지 꿈에서도 핀란드는 나오지 않았어. 나에게 핀란드라는 말은 실패의 동의어였던 것 같아. 핀란드를 생각하면 그 추위, 뱃속까지 얼어붙을 것 같은 추위와 흑야가 떠올라. 아침이 되었는데도 여전히 어둡고, 오후가 되어서 잠시 햇빛이 나오나 싶다가 바로 해가 지던 겨울과, 그보다 더 깊은 겨울이 있었지. 빛이라고는 찾아볼 수도 없이 어둡고 눈이 내리는 하늘을 바라보던 일이 기억나.

차라리 어린 나이에 갔으면 언어라도 빨리 배웠겠지만, 열일곱이 다 되어서 핀란드어라고는 한마디도 하지 못하는 상태로 학교에 가서 어려움도 컸어. 날씨에 영향을 많이 받는 기질에, 언어를 빠르게 학습하지 못하는 상태에서 모든 것이 낯선 교실에 앉아서 울음을 삼켰던 날들이 많았어. 너는 그런 나를 많이 도와줬지. 옆자리에 앉아서 나의 언어 문제를 도와주려고 노력했어. 네가 없었다면 나는 헤어날 수 없는 수렁에 빠졌을 거라고 생각해.

나를 그냥 모른 척했다면, 학교에서 요구하는 정도로만 네가 나를 도왔다면 너는 훨씬 편안했을 거야. 하지만 너는 나를 위해 행동해줬지. 내가 이해하지 못하는 말들을 통역해주고 숙제와 알림 사항들을 한국어로 메모해서 나에게 줬어. 심지어 우리 집에도 도움을 줬지. 변기가 고장 나면 배관공을 불러줬고 핀란드어를 모르는 우리 부모님이 어려움에 처할 때마다 도와줄 수 있는 사람들을 연결해줬어.

우리보다 10년 전에 핀란드에 오셨던 너희 부모님도 핀란드어를 능숙하게 하지는 못하셨던 걸로 기억해. 그런 부모님을 위해 너는 부모님과 같이 병원에 가고 쇼핑을 가고 집주인과 의사소통을 하기도 했어. 우리는 둘 다 맏이에 여섯 살 차이가 나는 남동생이 있었지. 하지만 부모님과 물과 기름처럼 겉도는 나와는 달리 너와 너의 가족은 무척 친밀해 보였고 나는 너와 나의 그런 차이를 느낄 때면 마음이 아팠어.

성인이 되기 전까지는 뿌리가 자라는 시기라고 생각해. 어떤 땅에서 자라났는지, 그때의 기후가 어떠했는지에 따라서 뿌리의 생장이 달라질 수밖에 없지. 씨앗으로서는 아무리 자기 최선을 다한다고 해도 토양이 척박해서 양분이 부족하면 그 뿌리가 어떻게 굵고 단단하게 땅 아래로 뻗어나갈 수 있겠어. 뿌리가 작고 연하고 약하면 그에 맞게 줄기도 작고 연해질 수밖에 없겠지. 그게 살아날 수 있는 방법일 테니까. 아무리 애를 써도 이미 그 시기가 지나면 뿌리는 더 자라지 않는 것 같아. 작은 바람에도 흔들리고 어려워. 늘 뿌리 뽑혀 죽을 것 같은 기분이 들어.

"핀란드에는 겨울만 있는 게 아니야."

핀란드의 날씨에 대해 불평하는 나에게 너는 말했지. 그러다 7월이 되니 핀란드에도 봄이 오더라. 우리는 우리 동네의 호수에 자주 갔어. 호수는 꽤 커서 둘레를 따라 걷다 보면 깊은 숲의 입구가 나왔어. 동네와 면한 호숫가에 앉아서 보면 검은 숲이 호수를 둘러싸고 있었고. 가장 따뜻한 시기인 7월이 되어도 호숫가에 바람이 불면 추워서 팔짱을 껴야 했어.

내가 타월을 깔고 앉아서 책을 읽을 때 너는 초록색 비키니를 입고서 호수로 들어가 수영을 했지. 네가 첨벙거리는 소리 말고는 어떤 소리도 들리지 않을 때가 많았어. 호수며 숲이 모든 소리를 다 빨아들이는 것처럼 고요했어. 나는 수영을 하지 못했고 추위도 많이 타는 편이어서 호수에 발만 담그는 정도였는데 물이 얼마나 차가웠던지 그조차도 오래 하지 못했던 것 같아. 그런 차가운 호수에서 너는 참 오래도 헤엄을 쳤지. 호수에서 나와 수건으로 몸을 감싸고 오들오들 떨면서 너는 호수 너머를 바라봤어.

그 모습을 보면서 나는 내가 왜 너에게 편안함을 느꼈었는지, 너 또한 왜 내게 쉽게 다가올 수 있었는지 조금은 느낄 수 있었어. 커다란 수건으로 몸을 감싸고 웅크리고 있는 너를 안아주고 싶었지. 나의 온기로 너를 조금이라도 따뜻하게 할 수 있다면 좋을 것 같았고 물에서 갓 빠져나온 너의 몸이 얼마나 차가울지 내 피부로 느껴보고 싶었어.

우리는 나란히 앉아서 이어폰을 나눠 끼고 카세트테이프를 들었어. 넌 네가 한국을 떠났던 96년 초반까지의 한국 가요를 들었지. 너는 H.O.T.도 젝스키스도, S.E.S.도 핑클도 god도 몰랐어. 나는 한국의 학교 컴퓨터실에서 인터넷이라는 것을 조금 맛보기는 했지만, 너희 집에는 컴퓨터 자체가 없었고, 너는 인터넷이 어떤 개념인지에 대해서 내게 자주 묻곤 했어. 한인 커뮤니티 자체가 없는 상황에서 한국 문화를 접할 수도 없어서 너는 한국 대중문화를 잘 몰랐고 서태지가 컴백했다는 사실도 나를 통해 전해 들을 수 있었지.

너는 서태지와 아이들 2집 테이프가 없었어. 왜 서태지의 앨범들 중에서 그 앨범만 없느냐고 물으니 핀란드에 와서 그 앨범을 너무 많이 들었던 탓에 테이프가 다 늘어나서 복구가 불가능했다고 했잖아. 나는 호의의 표시로 내가 가지고 있던 서태지와 아이들 2집을 너에게 줬어. 우리는 호숫가에 앉아서 그 앨범 A면과 B면을 통째로 다 따라 불렀어. 너는 나에게 한국에 대해 이것저것을 묻고 내 이야기를 듣는 걸 좋아했어.

서태지와 아이들 4집을 같이 듣던 어느 날 너는 나에게 조심스레 말했지. 불경한 말을 하는 것처럼 조심스럽게. 네가 서태지를 너무 좋아함에도 불구하고 "You must come back home(넌 집으로 꼭 돌아가야 해)"이라는 가사를 들을 때마다 마음이 무겁다고 했어. 우리 마을에 서태지의 음악을 아는 사람은 우리 둘밖에 없었는데도 너는 마치 서태지의 팬들이 우리의 대화를 듣고 있기라도 하듯이 주위를 둘러보고 말했지. 철이 없어서, 반항심에 집을 나가는 애들이 몇이나 되겠냐고 말이야. 그런데 그 노래를 듣고 있다 보면, 그 애들이 왜 집을 나갔는지에 대한 생각은 느껴지지 않아서 마음이 안 좋다고 했어.

"집이 지옥인 애들이 있잖아. 집에 가면 실제로 죽을 수 있는 애들도 있어. 그런 애들 보고 무조건 집에 가라니. 듣고 있기가 힘들어."

난 너처럼 이야기하는 사람은 처음 봤어. 서태지의 〈컴백홈〉을 듣고서 집으로 돌아온 가출청소년들의 기사가 미담처럼 뉴스로 방영되는 것을 봤던 기억을 떠올렸고, 너의 해석이 너무 극단적이라는 생각을 했지. 하지만 너와 헤어져 집으로 돌아가는 길에 나는 너의 말이 옳았다는 걸 인정할 수밖에 없었어. 그래, 어떤 사람들에게 집은 안전한 보금자리가 아니라 도망쳐야만 살 수 있는 폭력의 공간이기도 하니까. 그런 사람들에게 집으로 꼭 돌아가야 한다고 말할 수 있는 권리는 누구에게도 없어.

핀란드에서의 두 번째 겨울이 찾아왔고, 그즈음 우리는 우리의 '컴백홈'을 고민했지. 아버지의 사업이 잘 풀리지 않아 어쩌면 조만간 가족 모두 한국으로 돌아가야 할 수도 있다는 부모님의 말을 엿들으면서 나는 어찌할 바를 모르겠더라. 한국에서 놓친 교육과정을 따라갈 자신도 없었고, 그렇다고 아직 말도 익숙해지지 않은 핀란드에서 계속 살 수 있을지도 알 수 없었어. 그 어떤 대책도 없는 부모님에게 화가 났지. 부모님도 힘든 걸 아니까 내 감정을 내색하지 않으려 했지만 어디 그게 잘 됐겠어.

반면에 너는 한국으로 대학을 가려고 했어. 너처럼 한국에 대해 좋게 말하는 사람을 들어본 적도 없었던 것 같아. 한국의 온돌과 사계절, 거리에서 먹는 떡볶이와 붕어빵 같은 걸 이야기하며 너는 목소리를 높였어. 한국이 최고라고, 이 어두운 핀란드를 떠나서 한국의 푹푹 찌는 여름을 다시 느껴보고 싶다고 했지. 며칠이고 해가 거의 뜨지 않고 비가 오던 한겨울의 낮에 너는 눈물을 흘리면서 말했어. 살면서 너의 의지라는 건 아무 의미가 없었다고. 너의 의지는 존중받지 못했지만 가족에 대한 너의 의무는 너무 무거운 것이었다고. 영원히, 이 어둡고 추운 핀란드의 시골에서 가족들의 통역사와 매니저 역할을 하며 살고 싶지는 않지만 그런 마음을 먹는 것조차 죄를 짓는 것 같다고 했지.

너의 아버지는 다정하고 천성이 따뜻한 분이셨던 것 같아. 어느 날 네가 잠시 자리를 떴을 때 내게 그런 말씀을 하셨어. 네가 한국으로 가고 싶다면 얼마든지 그렇게 해도 된다고, 있는 힘을 다해서 지원할 생각이라고. 그리고 나도 한국으로 돌아간다면 부디 너에게 힘이 되는 가족이 되어달라고 하셨지. 너희 아버지는 네가 한국에서 가혹한 경쟁을 견디는 걸 원하지 않으셨다고 했어. 핀란드로 애써 온 건 너와 너의 동생이 보다 자유롭기를 바랐기 때문이라고. 아버지의 진심이 너에게도 전해졌다고 지금의 나는 생각해.

그 긴 겨울이 끝날 무렵 너는 핀란드에서 대학을 가기로 했어. 이곳보다 한참은 남쪽에 있어서 기후가 좋은 헬싱키로 갈 거라고 내게 말했지. 너는 헬싱키로 같이 가자고 나를 설득하기 시작했어. 너희 아버지도 내가 너와 헬싱키로 같이 가면 좋겠다고 하셨지. 나는 오래 고민했어.

아버지의 사업이 망해가고 우리 가족이 쫓겨나듯 한국으로 갈 수도 있다는 말을 나는 차마 너에게 할 수가 없었어. 핀란드어가 기적적으로 늘지도 않은 상황에서 언어의 장벽은 넘을 수 없을 정도로 높게 느껴지고, 내 삶의 뿌리를 영구적으로 옮긴다는 것이 얼마나 부담스러운 일인지도 말할 수 없었지. 너에게 그런 말을 하기가 부끄럽고 자존심이 상했던 것 같아. 그 대신 나는 한국에 소중한 사람들이 많아서 한국으로 가고 싶다고 거짓말을 했어.

너는 상기된 얼굴로 그 소중한 사람들이 누구냐고 물었고 나는 되는 대로 있지도 않은 친구들을 만들어내서 너에게 말했지. 마치 네가 그 많은 친구 중 하나일 뿐이라는 뉘앙스를 깔고 말이야. 그게 너에게 상처가 될 걸 알아서 그렇게 말했어. 20년이 지나서야 너에게 나의 진실을 말한다면, 너는 영원히 믿지 않을지도 모르지만, 지호 너는 북반구부터 남반구까지, 이 세상의 서쪽에서 동쪽까지 통틀어서 유일한 나의 친구였어. 한국에서 내가 얼마나 겉돌았는지 나는 너에게 말하지 않았지. 그런 내 모습이 너무 초라해서 들키고 싶지 않았으니까.

솔직함도 마음이 강한 사람이 지닐 수 있는 태도인 것 같아. 내가 강한 사람이었다면 너의 눈을 보고 말했을 거야. 지호야, 너는 내가 태어나 처음으로 사랑한 친구야. 너는 나를 판단하지 않았어. 너와 함께 있으면 온전해지는 기분이 들었어. 나도 너와 함께 헬싱키로 가고 싶지만 우리 식구들은 곧 쫓겨나듯 한국으로 가야 할 거고 나는 홀로 이 나라에 남아서 모든 일을 잘 해결할 자신이 없어. 이곳은 2년 가까운 시간을 살아도 내게 가까워지지 않는 것 같아. 그래서 나는 너를 잃는 것이 아파. 나의 무능력과 약함 때문에 이곳에 홀로 설 수 없는 내가 밉고 부끄러워.

하지만 나는 그렇게 말하는 대신 마치 한국이 이곳보다 내게 훨씬 더 좋은 곳이고, 너 정도는 대체할 친구들이 많다는 식으로 허세를 부렸어. 그리고 다시 겨울이 시작되던 때에 우리

가족의 한국행이 정해졌지. 막막하고 답답했지만 그때는 그게 유일한 길이라는 생각이 들었어. 변화를 거부하며 사는 것이 겁이 많고 불안이 많은 나에게는 안전한 선택지였으니까.

지호야, 나는 한국에 돌아온 이후에도 어느 시점까지는 그런 식으로 살아왔었어. 큰 선택을 해야 할 때마다 덜 상처받고, 덜 위험한 길만을 골라서 갔지. 그리고 그건 언제나 내 마음속 욕구와는 다른 길이었던 것 같아. 계속 그런 식으로만 살다 보니 나중에는 내가 뭘 원하는지도 모르는 지경에 이르게 되더라.

핀란드를 떠나기 두 달 전, 졸업 여행으로 우리 반 아이들 전체가 근교의 호숫가로 여행을 갔었지. 나무로 지은 오두막에 짐을 풀고 이야기를 나눴어. 어떤 애들은 사우나를 하고 그 차가운 호수에서 수영을 하기도 했지. 수영을 하고 다시 사우나실로 들어갔다가 다시 찬물에서 노는 식이었잖아. 초겨울이었지만 날씨가 조금 풀려서 아주 춥지만은 않다는 생각이 드는 날이기도 했었고.

너는 나를 따로 불러 산책을 하자고 했지. 아직 해가 하늘에 걸려 있었고 바람도 별로 불지 않아서 걷기 좋다는 생각이 들었어. 우리는 오두막을 등지고 호숫가를 따라 조금 걷다가 호수와 면한 숲으로 들어갔어. 따로 길이 마련되어 있지는 않았지만 사람들의 발길이 닿은 자국은 있어서 되는대로 숲길을 헤치며 들어갔던 것 같아. 길을 잃을 이유도 없다고 생각했어. 단순한 길이었으니까. 하늘에서 엷은 눈이 날리듯 조금씩 내리기는 했지만 곧 그칠 것처럼 보였고. 너는 화장실이 급하다면서 잠시 내 눈에 띄지 않는 곳으로 갈 테니 나무 아래에서 기다리라고 했지. 아직도 기억나. 그 숲의 나무들이 얼마나 컸는지, 그 나무의 이파리들이 하늘을 가려서 숲이 한낮에도 얼마나 어둡게 느껴졌는지.

나는 너를 기다렸어.

너는 나타나지 않았지.

처음에는 네가 이곳을 찾지 못한다는 생각이 들어서 무섭더라. 그때 엄마가 했던 말이 떠올랐어. 사람을 잃었을 때는 한자리에서 기다리는 것이 최선이라고. 섣불리 움직이면 길이 엇갈릴 수 있다는 말 말이야. 나는 그 말을 따르려 노력했어. 얼마

나 그곳에 서서 너를 기다렸는지 모르겠어. 그때 내가 얼마나 두려웠는지 너는 알까. 네가 쓰러지거나 실족했을지도 모른다는 망상이 거의 확신으로 변했을 때 숲은 겨우 나무의 형체만을 확인할 수 있을 정도로 어두워졌어. 들어올 때는 그토록 확실했던 길이 돌아갈 때가 되니 헷갈리는 거야. 호숫가 쪽으로 가면 된다고 생각했지만 너무 어둡고 사방에 대한 감각이 없어서 내가 제대로 된 방향으로 걸어가는지 알기가 어려웠어.

한참을 헤맸어, 지호야.

어디선가 사람들이 외치는 소리가 들려서, 나는 그 소리에 기대어 걸음을 옮겼어. 그리고 그곳에 숲의 끝이 있었지. 나는 내 이름을 부르는 아이들 틈에서 너의 얼굴을 봤어. 나를 발견해서 안심하는 아이들의 모습과는 달리 너는 화가 나 보였어. 너는 볼일을 보고 내가 기다리는 자리에 갔지만 그곳에 내가 없었다고 했지. 내가, 너와의 약속을 어기고 먼저 숲을 떠나려 한 거 아니냐고 했어. 그래도 넌 내가 걱정되어 오두막으로 와서 다른 아이들에게 나를 같이 찾아 나서자고 말했다고 했지.

"난 그 자리에 있었어."

넌 고개를 저으며 옅게 웃었는데, 눈에서는 눈물이 그치지 않더라. 너의 얼굴은 나의 그런 거짓말 같은 건 통하지 않는다고 주장하고 있었어. 나는 네가 상처받았다는 걸 알았지. 하지만 내가 하지 않은 일을 어떻게 했다고 말할 수 있겠어. "나는 그 자리에 서서 너를 기다렸어." 그 말만 되풀이하는 나를 너는 믿어주지 않았어.

나는 너를 끝까지 믿었어. 네가 나를 그 자리에 버려두고 먼저 떠났다고 믿지 않았어. 하지만 시간이 지나면서 내 안에서는 그날의 일에 대한 의문이 싹텄지. 어째서 그때의 나는 네가 나를 버리고 갔으리라는 의심조차 하지 않았던 걸까. 네가 나를 바로 의심한 것과는 다르게.

어쩌면 모든 건 숲의 일이었는지도 모르지. 해가 지기 시작한 숲은 동서남북을 구분할 수 없을 정도로 혼란스러우니까 우리는 그저 서로 어긋났던 것뿐일 거야. 하지만 나는 여전히 궁금해. 그날 우리에게는 어떤 일이 일어났던 걸까.

그 이후로도 우리는 이메일로 서로의 안부를 묻고 스카이프를 하기도 하며 연락을 주고받았지. 연락의 빈도가 뜸해져서 생일날 페이스북 메시지를 주고받는 정도가 되기도 했지만. 그래도 너를 다시 만난다면 나는 그날의 일을 떠올릴 수밖에 없을 것 같았어. 너에게 그날의 일에 대해 묻시는 않았을 테지만, 적어도 그때 핀란드에서 네가 나에게 어떤 의미였는지, 그리고 핀란드를 떠날 수밖에 없었던 마음에 대해서는 솔직히 말하고 싶었어. 꼭 오래 미뤄둔 숙제처럼, 그 말을 하고 싶었거든.

우리가 배울 수 없는 것들

"출근길에 먼지가 심하지 않으면 좋겠는데."

유리가 말했다.

모래바람이 그나마 잦아든 오후였다. 유리와 송문은 근무가 없는 오후 시간, 광장으로 나갔다. 둘이 자주 다니는 그곳은 흰 돌바닥의 자그마한 원형 광장이었다. 노천 찻집에 앉아 둘은 광장을 지나는 사람들과 개들을 구경했다. 얼마 후면 해가 질 것이었다. 태양이 서쪽으로 이동하며 광장을 빛으로 물들였다. 유리와 송문은 인상을 찌푸린 채로 손차양을 하고서 광장을 바라봤다.

유리는 홍차가 든 작은 유리잔에 각설탕 세 개를 넣어 저었다. 송문은 차를 마시는 유리를 보며 유리를 처음 만났을 즈음을 떠올렸다. 그들은 두바이의 한 호텔리어 인턴십프로그램에서 만났다. 동아시아에서 온 인턴 중에서노 눌은 꽤 가까워졌다. 근무시간이 비슷하게 배정된 경우가 많았고, 둘 다 독서를 좋아했다. 밤 근무를 할 때 유리는 초콜릿이나 사탕 같은 것을 주머니에 넣고 있다가 송문에게 하나씩 주곤 했다. 그들은 교육 기간이 끝나고부터 자연스레 같이 살기 시작했다.

송문은 햇빛을 받아 꿀빛으로 물든 유리의 얼굴을 바라봤다.

둘이 같이 살기 시작한 지 얼마 되지 않았을 때 유리는 한국에서 사귀던 사람과 헤어졌다. 며칠을 부은 눈으로 출근하던 유리를 송문은 광장 노천 찻집으로 데려갔다. 그때가 유리와 송문이 처음으로 이곳에 온 날이었다. 그때 유리는 홍차에 각설탕 다섯 개를 넣고 저었다. 설마 저걸 마시지는 않겠지, 생각했지만 유리는 그 단 차를 조금 식힌 후 한 번에 마셨다.

"송문. 어디 학교 없냐."

"무슨 학교."

"사람 잊는 법 알려주는 학교. 헤어지고 나서 어떻게 해야 마음을 잡는지 알려주는 학교 없냐."

송문은 얼굴이 동그랗게 부은 유리를 보며 작게 미소 지었다.

"처음도 아닌데 왜 이렇게 힘들까. 다른 사람들과도 헤어져 봤지만, 거기서 배울 수 있는 건 없더라. 다 다른 사람들이고, 다 다른 기억이니까. 새로운 경우에 적용이 안 돼."

"알아." 송문이 답했다.

"중요한 것들은 배울 수가 없나봐. 미리 대비할 수가 없나봐, 송문." 유리가 말했다.

그들은 광장 한쪽에서 바닥에 배를 깔고 누운 고양이 두 마리를 바라봤다. 송문은 생각했다. 동물들은 아무것도 배우지 않고 사는데도 저렇게 아름답구나. 무언가를 배우지 않아도 될 만큼 완전하구나.

유리는 그날 이후 송문과 함께 쓰는 냉장고에 '우리가 배울 수 없는 것들'이라는 제목을 적은 종이를 자석으로 붙여놓았다.

'우리가 배울 수 없는 것들'

- 나쁜 기억을 지워버리는 방법.

- 다가오지 않을 시간을 상상하지 않는 방법.

- 댄스. (다시 태어나자)

- 죽음.

- 어린아이였을 때의 마음.

- 꿈.

- 늙는 것.

- 사람들의 시선에서 완전히 자유롭기.

초록색 사인펜으로 흘리듯이 쓴 글씨를 보며 송문은 유리가 한국에서 어떤 삶을 살았을지 상상하려 노력했지만, 잘 되지 않았다. 그들은 그 후로도 종종 어려운 일을 만나거나 감정적으로 힘들어질 때면 그런 일을 '우리가 배울 수 없는 것' 목록에 추가하자고 이야기하곤 했다.

공기가 조금씩 차가워졌다. 유리는 유니폼 카디건을 몸에 걸치고 송문을 바라봤다. 그들이 이렇게 같이 시간을 보내는 건 2주 만의 일이었다.

송문은 아버지의 장례에 참석하러 중국에 가지 않았다. 왕복 비행기표와 조의금, 상중 휴가를 주는 회사 방침에도 불구하고 송문은 아버지의 죽음을 회사에 알리지 않았다. 엄마에게서 전화가 왔을 때, 그러냐고, 자신은 가지 않겠다고 말을 하고 전화를 끊고 나서 송문은 마침 부엌에 들어온 유리와 눈이 마주쳤다. 그때 자신이 어떤 표정이었는지 송문은 알지 못했지만, 유리는 송문에게 다가와 괜찮냐고 몇 번이나 묻고 송문의 등을 두드려줬다.

"무슨 일이야?" 유리의 물음에 송문은 거짓으로 답할 수 없었다. "아버지가 죽었어." 그 말에 눈물을 글썽이는 유리의 얼굴을 보면서도 송문은 눈물을 흘리지 않았다.

장례에 가지 않기로 했다는 송문의 말에 유리는 이해할 수 없다고 말했다. 너희 아버지가 어떤 분인지는 모르지만, 아무리 그래도 너의 친부라고, 친부에게 그럴 수는 없는 일이라고 유리는 말했다. 자신을 설득하는 유리를 보며 송문은 마음을 다쳤고 어떤 대답도 하지 않고 자리를 떠났다. 그 후로 유리가 몇 번이나 송문을 찾았지만 송문은 피곤하다는 이유로 회사 일정이 같이 잡혀도 유리와 말을 섞지 않았다. 그들은 그렇게 지난 2주를 살얼음판 위를 발끝으로 걷듯이 지냈다.

늦은 아침, 식탁에 앉아 시리얼을 먹고 있는 송문에게 유리는 광장으로 나가자고 말했다. 설탕이 많이 든 차를 마시고 싶다고. 그렇게 그들은 지금 광장에 있다.

"송문."

유리는 가방에서 종이 한 장을 꺼냈다. 냉장고에 붙어 있던 '우리가 배울 수 없는 것들'의 목록을 적은 종이였다. 그곳에는 새로운 목록이 더해져 있었다.

– 송문으로 살아온 송문의 마음.

유리는 새로 적은 그 문장을 손가락으로 가리켰다. 송문은 유리 특유의 흐르는 듯한 글씨로 쓴 문장을 가만히 바라봤다. 유리는 그 문장을 가리키는 것 말고는 다른 특별한 말을 하지 않았다.

송문은 유리의 방식이 좋았다. 유리는 송문으로 살아온 송문의 마음을 모르며, 앞으로도 영원히 알 수 없으리라고 고백한 것이었지만 그 목록의 제목은 '우리가 배울 수 없는 것들'이었다. 어쩌면 송문 또한 송문으로 살아온 송문의 마음을 영영 배울 수 없을지도 몰랐다. 자기 마음을 배울 수 없고, 그렇기에 제대로 알 수도 없는 채로 살아간다. 송문은 그 사실을 알았다.

이제 해가 거의 다 저물고 있었다. 그들은 숙소로 돌아가 간단한 저녁을 만들어 먹고, 저녁 출근을 준비할 것이었다. 그들은 한참을 말없이 해가 저무는 하늘을 바라봤다.

"출근길에 먼지가 심하지 않으면 좋겠는데."

송문이 말했다.

한남동 옥상 수영장

그해 봄여름, 유진은 자주 걸었다. 짧게는 한 시간, 길게는 하루에 여섯 시간, 일곱 시간을 걷기도 했다. 대학 입학 선물로 받은 르까프 운동화를 신고 야구 모자를 쓰고 이리저리로 걸어 다녔다. 술에 취하면 술을 깬다는 이유로, 밥을 먹으면 먹은 걸 소화시킨다는 이유로, 피곤하면 피곤하다는 이유로 유진은 걷기 시작했다.

그 일은 이렇게 시작됐다. 어느 날 동아리방 창밖으로 어떤 구조물이 보였다. 저게 뭐예요? 묻는 유진을 보고 선배들은 웃었다. 저게 남산타워라는 거란다. 유진은 선배들이 웃든 말든 창밖을 멍하니 쳐다봤다. 내가 서울에 있구나. 타워는 가까워 보였다.

유진은 타워를 향해 걸어가기 시작했다. 학교에서 남산 입구까지는 걸어서 세 시간쯤 걸렸다. 남산 입구에서 타워 정상까지는 한 시간쯤 걸렸고 도착하니 이미 한밤중이었다. 어둠 속, 반짝이는 도심의 모습은 아름다웠다. 그게 다 야근하는 사람들이 켜놓은 사무실 불빛이라는 걸 알지 못했던 때였으니까. 서울은 예쁜 도시네. 유진은 남산 성벽에 기대 한참 동안 야경을 바라봤다.

유진은 고등학교 시절 내내 사귀었던 동우에게 문자로 차였다. 뭐랄까, 너무 늦은 이별이라는 느낌이었다. 동우를 봐도 아무런 감정이 일지 않은 지가 오래였다. 유진을 보는 동우의 얼굴도 그랬다. 마지막으로 봤을 때 둘은 철산역 근처 용우동에서 우동과 유부초밥을 나눠 먹었다. 밥을 먹는 내내 둘 다 한마디도 하지 않았다. 할 말도 없었고, 말이 없어도 불편하지 않아서였다. 말을 이어가려고 노력하고 싶지도 않았다.

언제나처럼 둘은 버스 정류장에서 헤어졌다. 유진이 먼저 버스를 타고 정류장 쪽을 보니 동우는 이미 등을 돌리고 저편으로 걸어가고 있었다. 그 모습을 보고도 유진은 서운하지 않았고, 서운하지도 않은 자기 마음이 낯설어서 고개를 숙였다.

동우에게 차였을 때 유진은 홀가분한 기분이었다. 그런데도 자려고 자리에 누우니 허전해졌다. 중학교 3학년 겨울방학에 단과학원에서 만난 동우와 웃고 떠들던 기억이 났다. 고등학교 1학년 여름방학에 갑자기 키가 쑥 자랐던 동우의 모습과 겨울방학 보충수업 때 학교 운동장에서 눈싸움했던 기억이 새로웠다. 자기들끼리 주고받던 애칭과 농담 같은 것도 이제는 아무 의미가 없게 되었다.

연애가 삐걱거리면 적어도 한쪽이 관계를 이어가려고 노력한다고 들었던 것 같은데 이 관계에서는 누구도 그런 간절함이 없었다. 자신에게 계속해서 사랑을 할 수 있는 능력이 있는 것인지, 자신이 다른 누군가에게 오래도록 사랑을 받을 수 있는 사람인지 유진은 자리에 누워 곰곰 생각해봤다. 그러자 자신과 동우가 정말 사랑을 나누었는지도 의심스러웠다.

남산을 다녀온 이후 유진은 본격적으로 걷기 시작했다. 오늘은 동대문까지만 걸어보자, 결심하고 걷다 보면 광화문을 지나

신촌이었고 신당동에서 친구들과 놀다 헤어져 정신을 차려보면 한강을 따라 여의도까지 걷고 있었다. 끌리는 대로 걷다 보면 작은 동네도 나오고 산도 나오고 심지어 계곡도 나오는 곳이 서울이었다. 튼튼한 우비와 장화를 사서 비가 내리치는 날에도 걸었다.

이호연이 한남동에서 아르바이트를 한다는 말을 듣고 유진은 귀를 기울였다. 이호연은 초급 일본어 수업 시간의 짝이었다. 졸업하기 위해서는 제2외국어 수업을 이수해야 했는데, 그 수업에서 히라가나, 가타카나도 모르는 수강생은 유진과 이호연이 유일했다. 다이얼로그를 읽을 때 교수는 꼭 유진과 이호연을 짝으로 묶어, 소리 내어 읽게 했다. 한 음절, 한 음절을 겨우겨우 읽는 유진과 이호연의 모습은 모두를 숙연하게 했다. 그 이후로 둘은 매점에서 같이 음료수도 마시고 빵도 먹는 사이가 됐다. 아이우에오, 카키쿠케코, 나니누네노……. 함께 불경을 읽듯 가타카나 표를 읽기도 했다.

자기가 일하는 호텔의 옥상 수영장을 개장하는 날이 다가오고 있다고 이호연은 말했다. 일본어 기말고사를 보고 같이 밥을 먹던 날 그는 옥상 수영장 쿠폰을 건넸다. 수영을 못해도 선베드에 누워 낮잠이라도 자라고. 학관에서 천 원짜리 라면을 먹을지, 천오백 원짜리 떡 만두 라면을 먹을지 갈등하던 그때, 한남동 호텔 수영장, 선베드라는 단어는 유진의 가슴을 두근거리게 했다.

뜻 없이 서울역까지 걸어갔던 날, 유진은 지갑 한구석에 소중하게 보관했던 수영장 쿠폰을 떠올렸다. 용산을 지나 슬슬 걸어가면 한남동이 나올 것이었다. 해는 졌지만 초여름의 열기에 등줄기에서 땀이 흘러내렸다. 하루 종일 햇볕을 받으며 걸어서인지 시원한 물속에 몸을 담그고 싶었다. 유진은 이태원 종합 상가 건물에 들어가서 수영복 하나를 큰맘 먹고 샀다. 수영장 입장료가 무료이니 수영복을 산 건 사치가 아니며 한 번 사면 10년은 입을 수 있다고 다짐한 후였다. 유진은 선 캡을 벗어 가방에 넣고 A호텔 로비에 가서 쿠폰을 내밀었다.

"이거 내일 오픈인데요."

유진은 고개를 끄덕이고 호텔 밖으로 나왔다. 호텔 입구에 이호연이 서 있었다.

"내일부터래요." 유진이 말했다.

"구경이라도 해요." 이호연이 말했다.

둘은 옥상으로 갔다. 은은한 조명이 사각의 풀장을 비췄다. 흰 플라스틱 선베드가 디귿 자 모양으로 풀장을 둘러싸고 있었고 커다란 파라솔은 모두 접혀 있었다.

"제 친구예요!" 이호연이 선베드에 앉아 있는 사람들에게 손을 흔들었다. 여자 둘이 기다란 빗자루를 세워놓고 선베드에 앉아 담배를 피우고 있었다. 이호연과 유진은 그녀들 맞은편 선베드에 앉아 풀장을 바라봤다. 이호연의 목덜미가 붉게 그을려 있었다. 겨울과 봄 내내 닫혀 있던 풀장 문을 열고 다섯 명이 같이 타일 청소를 했다고 했다. 풀장의 물이 넘쳐 배수로로 꾸르륵꾸르륵 넘어가는 소리가 들렸다. 물에서 염소 냄새가 났다.

이호연은 풀장으로 다가가 다리를 담그고 앉아 유진에게 손짓했다. 유진도 풀장에 다리를 담갔다. 차가운 물이어서 온몸에 소름이 오소소 돋았다. 그곳에 잠시 앉아 있는 동안 맞은편의 여자들이 퇴근했다. 퇴근하며 조명을 다 꺼버려서 조명이라고는 한쪽 구석에 켜둔 랜턴밖에 없었다. 이호연은 옷을 벗고 수영복 차림으로 물에 들어갔다. 몰래 하는 수영이어서 첨벙거리지 않고 조용히 잠영했다. 고개를 들어 하늘을 바라봤지만 어디에도 달은 보이지 않았다.

그 어두운 곳에 앉아 유진은 자기가 마지막으로 울어봤던 때가 언제였는지 어림해봤다. 잘 기억나지 않았다. 유진의 친구들은 종종 유진을 감정이 없는 인간이라고 평가하곤 했다. 그 말은 맞기도 하고 틀리기도 했다. 감정이 없는 것은 아니었지만 자신이 무엇을 느끼고 있는지 남들처럼 분명하게 이해하기 어려웠다. 가끔은 가슴이 꽉 막힌 것 같았고, 가끔은 머릿속이 따끔거리기도 했지만 그것을 어떻게 표현해야 하는지 알지 못했다. 마음이란 건 하도 걸어 물집투성이가 된 발바닥 같았다. 예쁜 눈물이 흘러내리는 얼굴이 아니라.

이호연 씨. 유진은 그의 이름을 조용히 불러봤다. 이호연은 듣지 못한 듯이 계속 수영을 했다.

이호연 씨. 조금 더 크게 불러봤다. 그제야 그도 유진에게 천천히 헤엄쳐왔다. 그가 헤엄칠 때마다 수영장 물이 유진 쪽으로 넘쳤다. 한 뼘 가까이 다가온 이호연이 수면 위로 얼굴을 내밀고 유진을 향해 웃었다. 유진도 그와 함께 웃었다. 그곳에 그렇게 오래도록 앉아 있고 싶었다.

저녁 산책

해주가 처음 성당에 간 건 대학교 3학년 때였다. 당시 자취하던 집 근처에 작은 성당이 있었는데 어느 일요일 저녁, 호기심에 미사에 들어갔던 거였다. 미사를 드리며 해주는 알 수 없는 끌림을 느꼈고 6개월 동안 예비자 교리를 들은 후 부활절에 세례를 받았다. 안젤라라는 세례명을 받은 해주는 대학교를 졸업하기 전까지는 꾸준히 주일미사를 나갔다.

해주의 가족은 그런 그녀를 이해하지 못했다. 배울 만큼 배운 애가 왜 종교를 받아들였는지 모르겠다고, 시간 낭비를 하고 있다고 질책했다. 그런 곳에 다닐 시간이 있으면 운동을 하든지 책을 읽든지 뭔가 자기 자신에게 실질적으로 도움이 될 활동을 하라고 충고했다. 그런 이야기를 들을 때면 해주는 속으로 미소 지었다. 자신의 부모가 자신의 믿음만큼은 건드릴 수 없다는 생각 때문이었다. 어려서부터 해주는 자기 뜻대로 중요한 결정을 해본 일이 별로 없었다. 부모가 다니라는 학원을 다녔고 읽으라는 책을 읽었고 교사가 되어야 한다는 부모의 바람대로 교대에 갔다. 앞으로의 일들도 뻔했다. 안정적인 직업을 가진 남자와 결혼을 해서 아이는 둘 정도를 낳을 것이었다. 그 또한 부모가 세운 계획이었으니까.

하지만 자신의 내면만큼은 그분들의 간섭이 미치지 않는다는 걸 해주는 믿음을 얻으며 알게 되었다. 자신에게도 내면이 있었다는 사실을, 그곳에서만큼은 자유로울 수 있다는 걸 해주는 조용한 성전에 앉아서 깨달을 수 있었다. 자신의 채반 같은 마음을 알게 된 것도 그때였다. 무엇으로도 채워지지 않는 마음의 허기를 인정하게 된 것도. 아무리 바가지로 물을 떠서 담으려고 해도 채반 같은 마음에는 조금의 물도 머무를 수 없었다. 신을 받아들였다는 건…… 무려 신의 사랑을 체험했다는 건 채반에 더는 물을 붓지 않고 깊은 물속에 채반을 던지는 일

같았다. 그건 입을 열어서 누구와 나누고 싶지 않은 혼자만의 소중한 경험이었다. 설명할 수도, 묘사할 수도 없는 일이기도 했다. 적어도 해주에게 믿음이라는 거 누군가에게 내보이고 싶지 않은 가장 사적인 영역이었다.

그로부터 15년이 지나 해주는 생각했다. 사랑은 갱신되어야 한다. 초기의 열정은 시간이 흐르면 자연스레 사라져버리게 되는 것이니까. 신을 향한 사랑 또한 그랬다. 예비자 교리를 듣고 세례를 받고 성당을 다니던 초기의 몇 년간 느꼈던 열정은 서서히 미지근한 온기 같은 것으로 변했다. 초등학교 교사 일은 고되었고 형식적으로 주일미사에 참석했지만 어느 순간부터는 예전의 느낌을 찾을 수가 없었다.

해주의 남편은 가톨릭 집안에서 자라서 세례는 받았지만 믿음이 없었다. 둘은 성당에서 결혼식을 하고 갓 돌이 된 딸 유리가 유아세례를 받게 했지만 성당에 다니지는 않았다. 해주는 종교에 관한 질문을 받으면 "천주교 세례는 받았는데 안 다녀요"라고 답했다. 하지만 믿음이 사라진 건 아니었다. 그녀는 여전히 신을 믿었다. 그 마음이 어떤 것인지 언어로 설명할 수 없을 뿐이었다.

언어로 설명할 수 있는 마음이라는 게 있기나 한 걸까. 남편과 이혼하고 초등학교 4학년이 된 딸과 둘이 살기 시작했을 때 그녀는 다시 그녀의 신에게 속으로 말하기 시작했다. 누구에게도 자신의 깊은 마음을 이야기할 수가 없어서였다.

딸과 이사를 간 집 바로 앞에는 성당이 있었다. 집 현관문을 열고 성당 마당까지 가는 데 3분도 걸리지 않았다. 딸과 함께 동네 산책을 하면서 해주는 종종 성당 앞마당에 들어가보곤 했다. 마당에는 작은 화단과 루르드의 성모상이 놓여 있었다. 유리는 성당 마당을 둘러보며 해주에게 성당에 대해 이것저것 물었다. 성모상 앞에서 손을 모아 기도하는 신자들을 따라 하기도 했다. 무슨 기도를 했느냐고 물으면 유리는 비밀이라고만 답했다.

"나도 성당 가고 싶어." 유리가 말했다.

"왜?"

"그냥. 가고 싶어서."

유리는 하고 싶은 일은 무조건 해야 하는 아이였다. 해주는 유리를 데리고 10년 만에 미사에 갔다. 마침 어린이 첫영성체 준비반을 모집 중이었고 유리도 그 반에 들어갔다. 기도문도 외우고, 기초적인 교리 지식도 배우는 시간인 것 같았다. 유리는 그 수업을 좋아했다. 출석도 잘 하고 수업 참여 태도도 좋고 마지막 시험도 가장 잘 봐서 첫영성체를 하는 날에는 여자아이 대표로 뽑혀서 미사 시간에 성경을 낭독하는 독서자 역할을 하기도 했다.

첫영성체를 마치고 유리는 복사단에 들어가겠다고 했다. 신부님이 미사를 진행할 때 보조하는 역할인 복사를 하겠다는 말이었다. 해주는 그렇게 하라고 했다. 얼마 지나지 않아서 모르는 번호로 전화가 왔다. 복사단 자모회 임원의 전화였다. 그녀는 유리가 복사단에 들어왔으니 복사단 자모회 모임에 참여하라고 말했다. 가고 싶지 않았지만 유리를 생각하니 가지 않을 수가 없었다. 복사단의 아이들은 열 명 정도였고, 아이들 개개인의 스케줄에 맞춰서 복사단 시간표를 짜야 했던 것이다.

이혼한 이후 해주는 사람들을 만나는 일을 꺼렸다. 혹여나 학부모들과 마주칠까봐 일하는 학교에서 차로 한 시간 떨어진 곳으로 이사를 오기도 했다. 가까운 사람만 만나고 싶었고 때로는 그마저도 힘들었다.

자모회 회원들은 해주를 빼고는 서로 다 알고 있었다. "남편 분은 성당 안 다니세요?" 자모회 회원이 해주에게 그렇게 물었을 때 해주는 어떻게 답해야 할지 망설였다. 보통 때였다면 쉽게 이혼했다고 말했을 것이다. 하지만 그곳은 성당이었고, 성당은 자신이 이혼한 싱글 맘이라는 것을 밝히는 것이 편할 수 없는 공간이었다. 해주는 잠시 망설이다가 사실을 말하기로 결심했다. 거짓말을 하거나 대답을 회피한다면 결국 유리가 상처 받을 수밖에 없는 문제였기 때문이다.

"저는 유리 혼자 키워요. 애 아빠랑은 헤어졌구요."

"아…… 그러세요."

자모회 회원들의 얼굴에 떠오르는 난감한 표정을 바라보며 해주는 안도감을 느꼈다. 어차피 해야 할 말이었다.

유리는 자기주장이 확실한 아이였다. 원하는 것이 있으면 분명하게 말했지만 억지를 쓰는 건 아니었다. 분명한 근거가 있을 때에만 자기주장을 했고 해주가 분명한 이유를 들어 유리의 생각에 반대하면 수용했다. 자기 생각을 또박또박 말하는 유리를 보면서 해주는 '모난 돌이 정 맞는다'라는 옛말을 떠올렸다. 매사에 자기 생각을 솔직하게 말할 필요도 없고, 상처받을 것이 뻔한 상황에서 목소리를 내는 건 위험한 일 아닌가. 하지만 당당한 유리의 모습을 보면서 만족감을 느낀 것도 사실이었다. 꾹꾹 참기만 하는 것보다야 훨씬 낫다고, 저렇게 자기 할 말 하고 사는 사람으로 자랐으면 좋겠다는 생각을 했다. 참는 건 지겹고 아픈 일이었으니까.

유리는 리더십이 있어서 줄곧 반장을 했다. 영리하고 밝고 주목받는 걸 좋아했다. 해주는 유리가 자신의 그런 기질 때문에 성당에서 복사를 하고 싶어 하는 거라고 생각했다. 미사에 참여하는 사람들은 신부와 복사만 바라보니까. 유리가 그저 그런 관심을 바랐는지도 모른다고 여겼다. 하지만 시간이 지나며 해주는 유리에게 자신에게 없는 수준의 믿음이 있다는 걸 알게 됐다. 유리는 기도를 했고 신과의 관계를 진지하게 생각했다.

초등학교 5학년이 된 유리는 신부가 되고 싶다고 했다. '신부님이 되면 하느님과 더 가까워질 수 있을 것이다, 하느님을 위해 일하고 싶다, 힘든 사람들을 도우며 살고 싶다' 같은 소원을 글쓰기 숙제에 적기도 했다. 왜 어린아이가 하느님을 찾게 되었을까, 고작 열두 살짜리 아이가 어쩌다가 이렇게 진지한 생각을 하게 되었을까. 아무리 생각해봐도 해주는 유리를 정확히 이해할 수는 없었다.

내가 어른 노릇을 잘못해서, 내가 유리에게 기댈 언덕이 되어주지 못해서 하느님이 필요한 것은 아니었을까. 유리는 속이 깊은 아이였고 자신의 힘든 일을 해주에게 털어놓지 않았다. 엄마와 아빠가 헤어져서 미안하다고 말했을 때, 고작 열한 살짜리 아이가 했던 말을 기억한다. "내 생각 말고 엄마만 생각해." 그게 그 나이의 아이가 할 수 있는 말이었을까.

어느 날, 자모회의 태우 엄마에게서 전화가 왔다. 유리가 복사단의 남자애들과 심하게 싸워서 걱정이 된다는 말이었다. 태우는 싸움의 당사자가 아니었지만 유리가 남자애들과 싸우는

모습을 보고 집에 와서 그 말을 자기 엄마에게 전했다고 했다. 성당 앞 골목에서 벌어진 싸움이었고 어른들도 없었다고 했다. 해주는 통화를 하며 가슴이 내려앉는 기분이 들었다. 학원을 다녀온 유리를 앉혀놓고 해주는 유리에게 복사단에서 무슨 일이 있었느냐고 물었다.

"별거 아니야. 말싸움 좀 했어."

그 말을 하는 유리가 해주의 눈을 피했다.

"솔직히 말해봐. 괜찮아."

유리는 한참을 망설이다가 입을 열었다.

복사에는 대복사와 소복사가 있다고 했다. 대복사는 미사 예절 중에 작은 종을 치는 역할을 했다. 유리는 4학년 내내 소복사를 했고, 학년이 올라가면 대복사를 할 수 있다고 생각했다. 그런데 새로 복사단에 들어온 4학년 남자애가 대복사를 하고, 5학년인 자신이 소복사를 하게 되어서 신부님에게 건의를 했지만 달라지는 것이 없었다고 했다.

여자아이는 6학년이 되어도 대복사를 할 수 없다는 것이 성당 방침이라고 했다. 당장 미사를 드려야 해서 유리는 참고 소복사 일을 했다. 미사가 끝나고 집으로 돌아가는 길에 복사단 남자애들 몇이 유리에게 '넌 여자애여서 대복사 못 한다'라고 말을 했던 거였다. 그런 말에 가만있을 유리가 아니었다.

"그런데 내가 졌어. 어른들이 그렇게 정해놓았잖아. 내가 아무리 말을 해도 소용이 없잖아."

유리는 그렇게 말하고 소리 내어 울었다. 아이가 복사단에 속해 있다는 이유로 해주도 성당에 자주 나갔다. 성당 잔치가 있을 때 성당 부엌에서 채소를 다듬고 설거지를 하기도 했고 화단 청소를 하기도 했다. 성당은 여자들의 노동 없이는 돌아가지 않는 곳 같았다. 그래도 유리가 성당 다니는 걸 좋아해서 해주도 군말 없이 그런 일에 동참했던 거였다.

여자들이 보이지 않는 온갖 궂은일을 할 동안 신자 공동체의 대표 자리는 남자들이 차지했다. 미사에 집중하고 싶었지만 가운을 입고 성체를 나눠주는 봉사자들이 전부 나이 든 남자라는 생각을 할 때면 절로 분심이 생겼다. 그래도 유리가 좋아하니까……. 그 생각으로 버텼지만 소리 내어 울고 있는 유리의 모습을 보고 있자니 자신이 대체 무엇을 위해서 애써왔는지 알 수 없었다.

　신부님에게 연락이 온 건 그다음 주였다. 해주는 시간을 내어 면담에 갔다. 성당 1층에 있는, 사면이 유리 벽으로 된 면담실에 들어가서 해주는 신부님과 이야기를 했다. 보좌신부는 삼십대 중반 정도로 보였다. 음성이 듣기 좋고 노인들과 아이들에게 최선을 다하는 사람이었다. 사람들 앞에서 불편한 내색을 한 번도 하지 않았다. 그 정도의 감정노동을 하기가 얼마나 어려운지 알고 있었기에 해주는 그에게 늘 따뜻한 감정을 느꼈다.

　그는 자리에 앉아서 유리가 복사단 아이들과 자주 말싸움을 한다고 전했다.

　"그런데 유리가 틀린 말을 하는 건 아니에요."

　그는 그렇게 말하고 입술을 깨물었다.

　"우리 본당은 2009년까지만 해도 남자아이들만 복사를 섰습니다. 그때도 유리 같은 아이가 있었다고 하네요. 그래서 갈등이 있었고 여자 복사가 생겼습니다. 저는 유리의 말이 맞다고 생각해요. 그런데 지금 본당 신부님께서 반대를 하시네요. 대복사니 소복사니 그런 구분이 뭐가 중요하냐, 하느님을 위한 일에는 큰 몫, 작은 몫이 따로 없다고 하셨어요."

그는 그렇게 말하고 해주의 표정을 살폈다.

"유리가 하는 말이 그거 아닌가요. 그런 구분이 뭐가 중요해서 여자애들을 대복사 못 서게 하느냐는 말을 하는 거 아닌가요. 큰 몫, 작은 몫 따로 없다면서 정작 중요해 보이는 일들은 다 남자만 하고 있잖아요. 유리는 열두 살이에요. 여자여서 안된다는 거, 무의식적으로라도 여기서 배울까봐 두렵네요. 저는 유리가 여자라는 이유로 배제되는 기분 느끼게 하고 싶지 않아요."

"제가 다시 본당 신부님께 말씀드려보겠습니다. 마음 좀 가라앉히시고요."

얼마 뒤 여자아이들도 대복사를 설 수 있게 되었다. 대복사 자리에 무릎 꿇고 앉아서 항아리 모양의 종을 치는 유리의 모습을 바라보며 해주는 씁쓸함을 느꼈다. 저 자리에 앉기까지 유리가 겪어야 했던 상처가 너무 컸으니까. 하지만 한편으로는 유리가 부당함에 저항하여 이긴 경험을 얻었다는 것이 기쁘기도 했다.

그 이후로도 유리는 성당에서 모두를 불편하게 하는 말들을 했고 복사단 아이들과 싸웠다. 자신은 앞으로 꼭 신학교에 가서 신부가 될 것이며, 여자라는 이유만으로 신부가 될 수 없다는 식의 법은 사라져야 한다는 이야기를 공공연하게 했던 것이다. "유리를 잘 다독여줘요." 해주는 자모회 회원들에게 그런 말을 들으면서 고개를 끄덕였지만 유리에게는 아무 문제가 없다고 답하고 싶었다.

초등학교를 졸업하면서 유리는 복사단에서 나왔고 얼마 지나지 않아 성당에 발길을 끊었다. "언젠가는 다시 갈 거야. 하지만 생각할 시간이 필요해." 유리는 그렇게 말했다.

유리와 해주는 그 무렵 강아지 한 마리를 입양하고 도우라고 이름 붙였다. 유리는 도우를 끔찍하게 아꼈고 온갖 정성을 쏟았다. 시간이 흘러 유리는 고등학생이 됐다. 해주와 유리는 매일 저녁에 강아지 산책을 시켰다. 어느 산책길에서 유리는 해주에게 어른이 되면 동물을 돕는 일을 하고 싶다고 조용히 고백했다.

"도우는 왜 날 사랑할까 생각해." 유리가 말했다.

"이유가 없지. 그냥 사랑하는 거지."

"이제 하느님을 생각하면…… 날 보는 도우이 얼굴이 떠올라."

"너도 참 별나다."

대수롭지 않은 척 답했지만 해주는 놀랐다. 성당을 다니지 않게 된 이후로 유리는 하느님에 대해 말하지 않았으니까.

"나는 사랑과 하느님을 다른 말이라고 생각해본 적이 없어."

유리는 무표정한 얼굴로 그 말을 하고 리드 줄을 잡고서 도우를 따라 뛰어갔다.

유리를 가졌을 때 해주는 자신의 아이가 아이 자신의 꿈을 꾸기를 바랐다. 자신처럼 부모의 욕망을 맞추느라 꿈꿀 자유를 빼앗기기를 바라지 않았다. 유리는 신부가 되기를 꿈꿨고 그 꿈은 이제 과거의 것이 되었다. 어릴 때 꾸는 꿈은 바뀌기 마련이지만 자의가 아닌 타의에 의해 꺾인 꿈은 다른 의미일 것이었다. 그 상처가 어떤 것일지 해주는 짐작할 수 없었다.

유리는 속도를 늦추지 않고 계속 앞으로 달려나갔다. 점점 멀어지는 유리의 모습을 바라보며 해주도 발걸음을 재촉했다.

이제는 해주가 유리를 따라 달려야 할 때였다.

우리가 그네를 타며 나눴던 말

당신이랑 커다란 그네를 같이 타고 싶다.

그곳은 넓은 초원일지도, 잔잔한 파도가 치는 바닷가일지도 모르지. 그곳이 어디든 하늘은 맑고 시원한 바람이 불고 햇볕은 따뜻할 거야. 우린 그네의 등받이에 기대어 앉아 서로를 바라보고 있을 테고. 앞으로, 뒤로 조금씩 흔들리면서 서로를 보고 웃고 있을 거야. 아무 말을 하지 않아도 알 수 있는 것들이 있잖아. 그런데도 난 당신에게 말해. 고마워, 이렇게 나와 함께 있어줘서 고마워.

당신은 끔찍한 세상에서 이미 죽은 사람이었다고 내게 고백하네.

여긴 평행우주이고, 아름다운 곳이니까, 그곳과는 무관한 곳이니까 살아 있지.

당신은 계속 이야기를 이어나가.

난 말이야…… 그곳에서 나는 죽어야 했어. 살아서는 안 된다고들 말하더군. 그들은 날 죽였지. 그곳에선 말이야.

우리는 멀리멀리로 그네를 탔어.

산다는 건 좋은 건데 말이야. 내가 나로 산다는 건 좋은 일인데 말이야. 그래서 살아보고 싶었지. 내가 나라는 게 왜 죽을 이유가 되어야 했지.

우린 여기에 있잖아. 내가 말한다.

여기서 우리는 서로 다 다른 빛으로 빛나고 있지. 그곳처럼, 당신이 죽어야 했던 그곳처럼 그 빛을 꺼뜨려야 한다고 여기는 사람들이 없잖아. 그저 자기 자신으로 빛나고 있을 뿐.

이곳에서 우리는 서로 다른 목소리로 노래 부를 수 있지. 정해진 목소리가 아니라고 입을 다물어야 한다고 말하는 사람들도 없어. 자신보다 조금이라도 약하다고 해서 함부로 해도 된다고 생각하지 않잖아.

그렇지, 이곳은. 당신은 말한다.

처음부터 그랬던 건 아니었을 텐데. 아무것도 모르고 그곳에서 태어난 아이들은 배워나갔겠지. 살아남기 위해서는 나를 감춰야 하는구나, 나를 숨기고 나를 고치고 나를 세상에 맞게 바꿔야 하는구나. 짓밟히지 않기 위해서 짓밟아야 하는구나. 다르다는 말과 틀리다는 말을 섞어 쓰면서 말이야.

응, 저쪽에서는, 저쪽 세상에서는.

존재하는 것만으로도 외롭고 고달플 때가 많이 있지. 인간이라는 어쩔 수 없는 한계, 결코 자신이 바라는 것만큼을 이룰 수 없을 때의 어려움, 아픈 몸, 연결되고 싶은 사람들과 연결되지 못하고 잘못된 관계 속에서 상처받고 괴로울 때가 있잖아. 그것만으로도 어려운 것이 삶일 텐데, 불필요한 고통을 지어내는 세상. 세상은 온갖 방식으로 당신에게 고통을 안겼어.

더 약한 인간이라는 이유로 학대하고 이용하면서 그것이 모두 당신 탓이라고 말했지. 당신이 당신의 빛깔로 피어날 수 없다고 말했어. 당신 자신을 위해서가 아니라 누군가의 권력과 만족을 위해서 살아가야 한다고 협박했지. 당신 가슴에서 쿵쿵

울리는 소리, 당신의 진짜 마음을 듣지 못하도록 귀를 막고 살라고 했어. 그렇게 상처받은 마음으로 자기 자신의 어리석음을 원망하라고 했지. 다 네 탓이라고.

그들은 망각과 용서를 말했어. 당신이 사랑을 말했을 때, 그들은 윤리와 도덕이라는 껍데기로 포장된 혐오를 내밀었지. 당신이 주저앉아 울다 겨우 한마디 한마디, 할 수 있는 말을 하는 동안 그들은 당신의 말에 물음표를 붙였어, 들어주지 않았어.

당신은 커다란 귀를 떠올렸지. 당신을 따뜻하게 안아줄 커다랗고 부드러운 귀를. 멍들고 부어오른, 진물이 흐르는 당신의 말들을 흘려보낼 수 있는 귀를 떠올렸지.

당신은 멀리로 발을 구른다.

이곳에도 고통이 없는 것은 아니야. 하지만 이 세계에서의 고통은 상대의 존재에 대한 감응에서 발생하잖아. 상대의 이야기를 듣고 감응하며 느낄 수밖에 없는 고통 말이야. 그래서 당신은 여기에 살아 있네. 당신 그대로의 모습으로 반짝이고 있어. 아름다운 당신. 저쪽 세계에서는 이미 소거되어버린 당신.

이곳의 사람들은 이해하지 못하지.

우리는 겨우 저쪽의 세계를 상상해봐. 생명과 존엄조차도 공평하게 다루어지지 않는 곳. 당신이 흘리는 눈물이 보이지 않는 사람들, 자기가 저지르는 일들이 반동이 되어 자기 자신을 해치고 있다는 것도 모르는 사람들을. 그 때문에 그 세상에서 사라져야 했던 당신을.

우리는 멀리멀리로 발을 구른다.

유쾌하게 웃는 당신의 웃음소리가 듣기 좋네. 우리에게 필요한 건 이런 것들뿐인데. 나란히 앉아서 그네를 탈 수 있는 시간, 우리가 우리의 타고난 빛으로 마음껏 빛날 수 있는 시간, 서로에게 커다란 귀가 되어줄 수 있는 시간 말이야.

당신, **내가 그곳에서 잃어버린 당신**.

내 곁에 있어줘서 고마워.

문둥

문둥은 도서관 앞 벤치에 앉아 있었다. 연희가 그쪽으로 걸어가자 문둥은 자리에서 일어나서 반가운 손짓을 했다.

"문둥이에요." 그녀는 자기 이름을 말하고 장난스럽게 연희를 쳐다봤다. "많이 늙었죠?"

연희는 그녀와 악수했다. 셔츠에 정장 바지를 입고 세련된 화장을 한 문둥은 연희가 예전에 알던 모습과는 사뭇 달랐다. 원색 티셔츠를 좋아하고 금색 징이 박힌 운동화를 신고 다니던 그녀의 모습을 연희는 기억했다.

"학교가 근처예요. 선생님 독자 행사한다길래 놀러 와서 본 거예요. 아까 맨 뒷줄에 앉아 있었어요." 그녀는 연희 옆에 다가셨다. "바쁘신 거 알아요. 어디로 가세요? 여기서 슬슬 걸으면 역까지 5분 걸려요. 거기까지만 같이 가요."

"그래. 같이 가자."

사실 차 한잔 마실 시간은 있었지만 그녀와 대화하기는 부담스러웠다. 5분 정도면 어색함 없이 이야기하기 적당한 시간이라고 연희는 생각했다.

"정말 저 기억하세요?" 문동이 물었다.

"누가 잊겠어. 난 문동처럼 발음 좋은 학생 만나본 적 없어. 학부도 장학생으로 갔잖아."

그들은 건널목을 건넜다.

"질문 많이 해서 귀찮지 않았어요?"

문동의 물음에 연희는 고개를 저었다.

"저, 그때 많이 물어보고 싶었어요. 선생님 기억하세요? 한국인들이 정말 중국인들 싫어하냐고 물어봤었잖아요."

연희는 기억했다. 창가 자리에 앉은 단발머리의 그녀를. 수업이 다 끝나고도 문동은 그 자리에 앉아서 연희에게 그런 어려운 질문들을 했었다.

"그래, 문동. 세상 어디에나 말도 안 되는 이유로 다른 사람을 싫어하는 사람들이 있다고 말했지."

문동이 걸음을 멈추고 연희를 봤다.

"전 선생님이 제가 중국인이어서 저를 싫어했다고 생각했어요."

그녀가 얼굴에서 웃음을 거두고 말했다. 뜻밖의 말에 연희는 힘이 빠졌다. 연희에게 학생들은 언제나 개인이었다. 개인으로서의 호오는 있었지만 국적은 관계없었다.

"그런 적 없어. 정말이야." 연희는 문동의 눈을 보고 말했다. "외국 생활 하느라 힘들고 외로울 텐데, 나까지 괴로움을 주고 싶은 마음 없었어. 그래도 그렇게 보였다면 미안해."

"알아요. 오해였겠죠."

문동은 표정을 풀고 말했다. 연희는 그녀의 말을 완전히 믿을 수 없었다. 그들은 가던 길을 계속 걸어갔다. 길가에 터진 은행 냄새가 진동했다.

"제가 말을 하거나 글을 써 가면 선생님이 조사를 다 지적하는 거예요. 5급이나 됐는데 그걸 틀릴 리가 없는데 선생님은

틀렸다고 하는 거죠. 일부러 괴롭힌다고 생각했어요. 의식하게 되니까 말도 잘 안 되고 글도 안 써지고."

연희는 문동의 작문을 기억했다. 애쓴 흔적이 있었고 외국어였지만 언어를 통한 자기표현 능력과 개성이 있었다. '은는'을 '이가'로, '이가'를 '은는'으로 바꿨을 때 글의 맥락이 살아나서 그렇게 고쳤던 것을 연희는 기억했다.

"네가 학부에 간다고 해서 그랬어." 연희가 말했다. "사실 문법적으로 틀렸던 것도 아니었는데. 그래도 더 자연스럽게 고쳤던 거였어. 그럴 것도 아니었는데."

"그래요." 평서문인지 의문문인지 알 수 없는 어조로 문동이 답했다.

코너를 돌자 눈앞에 지하철 출입구가 보였다. 연희는 문득 문동이 자신의 뜻을 끝까지 오해하리라는 두려움을 느꼈다. 문동이 한국에서 중국인을 혐오하는 교사를 만났다는 기억을 품을지도 모른다는 생각이. 자기는 그런 사람이 아니라고, 그저 너의 노력을 돕고 싶었던 마음뿐이었다고, 사실 너는 그 반에서 내가 가장 좋아한 학생이었다는 진심을 말하고 싶었다. 왜

좋은 마음이 언제나 좋은 결과가 될 수 없는지 연희는 초조한 슬픔을 느꼈다.

"있잖아. 나도 조사 틀려. 은느이랑 이가느 나도 헷갈려서……."

"다 왔네요."

"잠시 커피라도 할래? 저기서?"

"이제 가봐야 해요."

"주소라도 줄래? 책 보내줄게."

"아니에요. 집에 있어요. 오늘 까먹고 안 들고 와서."

"읽었구나."

문동은 고개를 끄덕였다. 문동은 연희가 다른 말을 할 새도 없이 고개 숙여 인사하고 뒤를 돌아 걸어갔다. 연희는 그 자리에 서서 멀어지는 문동을 바라보고 있었다. 문동의 이름을 부르고, 전화번호라도 묻고 싶었지만 문동에게는 모두 변명조의 제스처가 되리라는 생각을 하면서. 코너를 돌아 자신의 모습이 보이지 않을 때까지 문동은 뒤돌아보지 않았다.

문동의 모습이 사라지고 난 뒤에도 연희는 누군가를 기다리는 사람처럼 그곳에 서 있었다. 누구를 기다리는지도 모르면서 기다리는 사람처럼.

호시절

서경 언니네와 우리 가족은 가장 가까운 이웃이었다. 우리는 1988년에 사흘 차이로 같은 아파트에 입주했고 윗집 아랫집으로 17년을 알고 지냈다. 우리가 살던 아파트는 엘리베이터가 없는 5층짜리 건물에 한 층에 두 가구가 있는 구조였다. 우리는 2층에, 서경 언니네는 1층에 살았는데 아주 추운 날을 빼놓고는 대문을 열어놓고 서로 드나들며 지낼 정도로 일상을 공유했다.

우리가 살던 아파트의 주차장 옆에는 널찍한 잔디밭이 있었다. 그 잔디밭에서 고무줄놀이를 하거나 한발 뛰기를 할 때면 베란다 너머의 서경 언니네가 보였다. 베란다에는 크고 작은 장독대들과 화초들이 빽빽하게 자리하고 있었고 민소매 원피스를 입은 서경 언니네 아주머니가 파리채를 들고서 분주히 움직이곤 했다.

언니는 나보다 두 살이 더 많았지만 작고 말라서 내 또래로 보였다. 긴 머리를 하나로 묶고서 고개를 숙인 채로 책가방을 메고 천천히 걸어가던 언니의 모습이 떠오른다. 언니는 눈이 큰 데다 감정을 담아서 이야기할 때면 안 그래도 큰 눈을 더 크게 뜨는 습관이 있었다. 언니네 아주머니 아저씨가 야, 너 그러다 눈 빠지겠다, 아이고, 무서워라, 하면서 놀리던 기억이 난다. 아주 어릴 때는 그 말이 농담인 줄 모르고서 정말 언니의 눈이 빠지는 것은 아닐지 걱정을 하기도 했다.

언니에게는 다섯 살 어린 남동생 동주가 있었다. 나는 언니와 동주와 함께 아파트 옥상이나 계단에서 노는 것을 좋아했다. 언니네 집에 가서 텔레비전에 연결된 팩 게임기로 게임을 하기도 했고 부모님이 늦게 돌아오는 날에는 언니네 집에서 저녁을 얻어먹기도 했다. 언니네 부모님이 일이 있을 때는 언니와 동주가 우리 집에서 지냈다. 맛있는 음식이 있을 때 서로 나눠 먹는 건 너무도 당연한 일이었고 여름에는 같이 계곡으로 피서를 가기도 했다.

엄마와 아빠는 그때가 호시절이었다고 내게 말하곤 했다. 서경 언니네와 어울려서 함께 살던 때가 좋았다고, 요즘 사람들은 정이 없고 차갑다고. 나는 고개를 끄덕이며 그렇다고 답하면서 그 시절에 느꼈던 두려움을 속으로 감췄다.

두려움만 있었던 건 아니었으니까. 나도 가끔은 그때를 그립게 기억하기도 하니까. 학교를 다녀오면 아파트 1층 화단에 할머니들이 모여서 같이 나물을 다듬고 웃으며 이야기하던 풍경, 이웃 어른들이 "학교 잘 다녀왔냐" 물어봐주고 살구며 복숭아, 삶은 감자 같은 걸 손에 쥐여주던 기억 같은 것들 말이다.

하지만 거기에는 늘 뭔가가 있었다. 차가운 가시 같은 것이. 어린 나는 그것이 무엇인지 머리로 이해할 수는 없었지만 종종 구석에 몰리는 기분을 느꼈다.

한별이 키가 많이 컸네, 아주 아가씨가 다 됐어, 이따 집에 와라, 반찬 한 거 가져가라. 그런 말을 하던 정다운 어른들, 그중에서도 서경 언니네 부모님은 엄마, 아빠를 제외하고는 내게 가장 가까운 어른들이었다.

　나는 어려서 고기를 못 먹었다. 살코기는 물론이고 고기나 뼈로 우린 국물도 먹지 못했다. 한 점만 먹어봐. 편식하면 못써요. 서경 언니네 가서 밥을 먹을 때면 아저씨와 아주머니는 내게 고기를 권했다.

　고기는 비싸고 귀한 음식이었고 나는 마땅히 그분들께 감사해야 했으므로 억지로 고기를 씹어서 삼키곤 했다. 거봐, 먹을 수 있잖아. 먹다 보면 나중에는 없어서 못 먹을 거다. 그분들은 그렇게 말하며 내 머리를 쓰다듬었다. 어느 날은 한 점, 어느 날은 애써서 두 점, 그렇게 고기를 먹으면서 나는 토하지 않으려고 애써야 했다.

　여덟 살 여름방학의 어느 날, 아저씨가 내게 족발을 권했다. 하지만 그날은 아무리 애를 써도 도무지 고기를 먹을 수가 없었다.

　죄송해요.

　나는 사과하고 입을 다물었다. 아저씨와 아주머니는 즐거운 일이라는 듯 소리 내어 웃으면서 나를 보고 말했다.

아, 해봐.

아저씨는 깻잎에 족발 한 점을 싸서 내 입 앞에 가져다 댔다.

입 열어. 아, 해봐.

나는 울음을 삼키면서 고개를 저었지만 아저씨는 완력으로 내 입에 쌈을 욱여넣었다. 꼭꼭 씹어 먹어라, 어서. 나는 울면서 족발을 씹었다. 아주머니와 아저씨는 그런 내가 귀엽다며 웃으며 나를 쳐다봤다. 동주도 나를 보고 웃었다. 단지 서경 언니만이 그런 나를 차갑게 바라보고 있을 뿐이었다. 왜 저렇게 유난이야? 언니의 눈빛은 나를 보고 그렇게 말하고 있었다.

족발을 먹은 날 나는 집에 가서 토하고 고열에 시달렸다. 온몸에 두드러기가 났고 물조차도 비리게 느껴졌다.

애들은 아프면서 크는 거야.

그렇게 위안하는 엄마에게 나는 서경 언니네 아저씨가 내게 강제로 족발을 먹였다는 걸 말할 수가 없었다. 엄마를 속상하게 하고 싶지도 않았고 서경 언니 부모님이 엄마 아빠에게 얼마나 큰 힘이 되어주는지를 알고 있었기 때문에 그런 일로 분

란을 만들고 싶지도 않았다.

내가 열 살이 되었을 때 민성이네 식구가 우리 아파트로 이사를 왔다. 우리 집과 서경 언니네가 이사를 온 지 7년 정도 됐을 때였고 주민들끼리 서로 친하게 지낸 지도 꽤 오래되었을 무렵이었다. 민성이는 채 돌이 되지 않은 아이였다. 민성이네 아주머니가 어린 민성이를 업고서 돌아다니던 모습이 떠오른다. 나는 민성이 아주머니의 나이가 되어서야 내가 왜 그 대수롭지 않은 장면을 오래 기억하고 있는지 이해하게 됐다.

그 다정다감한 이웃들이 민성이네 아주머니를 얼마나 차갑게 대했는지 나는 기억한다. 그렇다고 해서 대놓고 싸늘하게 말하거나 하는 것은 아니었지만 민성이네 아주머니를 향한 어른들의 태도에는 분명 보통 때와는 뭔가 다른 점이 있었다.

그러던 어느 날 서경 언니와 계단을 내려오다가 민성이 아주머니와 마주쳤다. 아주머니는 어린 민성이를 업고서 우리를 향해 밝게 웃어 보였다. 너희들 어디 가느냐고 말을 걸었다.

놀이터 가려구요.

내가 대답하는 동안 서경 언니는 민성이 아주머니가 투명 인간이라도 되는 듯이 무시하며 계단을 내려갔다.

야, 내려와.

언니는 내게 소리쳤고 나는 아주머니의 당황한 표정을 보며 인사를 하고 언니를 따라갔다.

그런 일이 그 후에도 여러 번 있었다. 언니는 민성 아주머니에게 인사하지 않았다. 아주머니는 그래도 포기하지 않고 언니에게 말을 걸었다.

언니 왜 그래?

어느 날 참지 못하고 언니에게 묻자 언니가 답했다.

엄마 아빠가 조심하라고 했어.

뭘.

전라도 사람 조심하라고 했다고. 저 아줌마도 전라도 사람이래.

언니는 대수롭지 않게 그 말을 하고서 화제를 돌렸다. 나는 엄마 아빠와 서경 언니의 부모님이 했던 말들을 떠올렸다. 전라도가, 전라도가, 그렇게 시작하는 말들을. 나는 전라도가 우리나라의 어느 부분인지도 몰랐고 세상 사람들이 태어난 지역에 의해서 구별될 수 있다는 사실도 몰랐다. 내게는 작은 우리 동네가 내 세계의 전부였기에 어른들의 그런 말들은 기본적인 수준에서부터 이해되지 않았다.

그러나 어른들의 말에는 힘이 있었다. 어른들이 조심하라고 하는 사람은 조심하고 봐야 했다. 나는 그다음부터 민성 아주머니를 마주치면 피하거나, 가까운 거리에서 보게 되면 얼굴을 보지 않고 작게 묵례만 했다. 그런 행동을 하면서 나는 작은 죄책감을 느꼈지만 어른들이 민성이 아주머니를 꺼리는 분명한 이유가 있으리라고 생각했다.

나는 그 아파트에서 그 이후로도 10년을 더 살았다. 민성이 아주머니네가 언제 그곳을 떠났는지는 잘 기억나지 않지만, 그 아파트에서 그렇게 오래 살았던 것 같지는 않다. 나를 보며 애써 웃어주는 민성이 아주머니를 멀뚱히 바라보며 지나갈 때, 나는 힘이 있는 어른들의 세계에 속한 것 같은 기분을 느끼기까지 했다.

나는 파견근무를 나갔던 영국에서 지금의 남편을 만나 그곳에 정착했다. 한국을 떠나 살 거라고는 생각해본 적이 없었는데 어쩌다 보니 일이 그렇게 진행됐다. 그는 정직하고 헌신적인 사람이었고 비록 타국 생활을 해야 했지만 그를 삶의 반려로 삼는 기회를 놓치고 싶지 않았다.

나는 파견을 왔을 때부터 영국 생활에 잘 적응한 편은 아니었다. 한국에서 이십대 중반까지 살았던 내가 영국인 수준의 영어를 할 수 없던 건 당연했음에도 내 언어를 두고 은근히 면박을 주는 사람들이 있었다. 길을 걸을 때면 나를 뚫어져라 쳐다보는 남자들이 있었고 나는 그 눈빛을 너무도 잘 눈치챌 수 있었다. 칭챙총, 차이니즈, 곤니치와, 장난이라는 듯이 그 말을 하고 깔깔 웃으며 지나가는 사람들, 합장하는 자세로 인사하는 사람들, 내게 손가락질을 하며 중국으로 돌아가라고 소리치는 사람을 만나기도 했다.

결혼 후에 나는 영국에서 석사학위를 땄고, 직업을 얻었고, 아이를 낳았다. 처음에는 직장 동료들에게 내가 겪은 불쾌한 일들에 대해서 말했지만 그들은 그런 사건을 문제적 개인행동의 범주에서 생각했다. 모든 사건을 인종차별로 받아들이는 태도는 피해의식일 수 있다는 충고까지 들은 후에 나는 그들에게 나의 경험을 이해받으려는 노력을 접었다.

피해의식 갖지 말았으면 좋겠어. 장난이잖아. 너랑 친해지고 싶었나보지. 그래, 기분 나빴을 것 같아. 조금은 인종차별일 수 있겠다. 그래도 그렇게만 생각하지 마.

아이를 낳은 후 남편과 여러 날 발품을 판 끝에 우리는 5층짜리 건물의 한 아파트를 구할 수 있었다. 우리는 3층에 살림을 차렸다. 5개월 된 에스더는 나를 닮아 예민한 아이였고 자주 칭얼댔다. 나는 포대기에 아이를 싸서 업고 건물 밖으로 나가서 아이가 잠들 때까지 산책을 하곤 했다. 영국에서는 사람들이 서로 모르더라도 눈을 마주치며 인사를 했다. 같은 아파트에 사는 사람들은 서로의 삶에 관여하지는 않았지만 건물에서 마주치면 인사를 했고 새로 이사를 온 이 아파트도 다르지 않았다.

그래서 처음에는 내 착각이라고 생각했다. 5층에 사는 남자와 그 남자의 어린 두 딸이 내 인사를 받아주지 않는 건. 남자

는 나를 멀뚱히 쳐다보고 스쳐 지나갔고 대여섯 살 되어 보이는 그의 딸들도 마찬가지였다. 그런 일들이 몇 번 반복되자 나는 그가 노골적인 수준이 인종차별주의자라는 걸 인정할 수밖에 없었다.

나는 그 남자가 길가에서 자기 이웃의 어깨를 두드리며 사람 좋게 웃는 모습을 봤다. 마트 계산대에서 계산원의 눈을 보며 부드럽게 말하는 모습을 봤다. 그러던 어느 날 남편과 내가 계단을 올라가고 있을 때, 그는 뒤에 따라가는 나를 보지 못하고 내 남편에게 웃으며 다정하게 인사를 했다. 나도 남편 옆에 서서 그에게 인사를 했다. 그는 형식적인 대답을 하고 아래로 내려갔고 나는 그 자리에 얼어붙은 듯 서 있었다.

왜 그래?

남편의 물음에 나는 지금까지 겪은 일들을 이야기했고 남편은 다시 그 남자를 만난다면 항의하겠다고 답했다.

그래, 너는 백인 남자고, 백인 남자의 말은 들어주겠지. 근데 그런다고 뭐가 달라지는데?

나는 그렇게 말하면서도 남편이 내 말을 정확히 이해하리라고는 확신할 수 없었다.

다음 날 에스더를 업고 계단을 오르는데 그 남자의 딸들과 계단에서 마주쳤다. 작은애는 고개를 숙여서 나를 못 본 척했고, 여섯 살 정도 되어 보이는 큰애는 내 얼굴을 곁눈질로 보면서 살며시 미소 지었다. 요란한 소리를 내며 계단을 내려가는 그 애들의 뒷모습을 바라보며 나는 어린 시절의 나를 봤다.

그 일을 겪고 얼마 지나지 않아 나는 엄마와 스카이프 영상통화를 했다. 엄마는 서경 언니네 아저씨가 많이 편찮으시다는 말을 했다.

그 양반이 우리에게 얼마나 잘해줬니. 참 좋은 사람이었지.

그래, 엄마.

그 양반처럼 모든 사람 다 챙겨주는 사람 없었다. 요즘 그런 사람 없다.

맞아, 엄마.

너에게도 참 잘해줬었어.

그럼, 그럼.

나는 엄마에게 진심으로 그렇게 답했다. 어릴 때 그렇게 가까웠던 아저씨가 아프시다는 말에 나도 마음이 좋지 않았으니까. 하지만 나는 그렇게 말하면서도 내가 어린 시절 그를 왜 두려워했고 서경 언니네 가는 것이 즐겁지만은 않았는지를 생각했다.

아저씨는 우리를 도와준 고마운 분이었다. 그 사실은 영원히 사라지지 않을 것이다. 그는 여러 번 사업을 부도낸 아버지에게 돈을 꿔주기도 했고, 열두 살의 내가 빙판길에 미끄러져서 깁스를 하고 입원했을 때 선뜻 병원비를 내주기도 했다. 엄마는 이번 통화에서도 내가 입원했을 때의 일을 이야기했다.

엄마에게는 감동이었을 그때가 내게는 지우고 싶은 순간이었다는 걸 엄마는 끝내 이해할 수 없겠지. 나는 상기되어 이야기하는 엄마의 얼굴을 보며 생각했다.

내가 입원해 있을 때 서경 언니 가족이 문병을 왔다. 아저씨는 자기가 보약을 가지고 왔다고 보온병을 내밀었고 아주머니는 스테인리스 대접에 보온병에 담긴 음식을 쏟아냈다.

우리 한별이, 이거 먹고 금방 낫자.

아저씨는 재미있는 일이라는 듯이 크게 웃으며 내게 대접을 건넸다. 그 대접에는 붉은 기름이 둥둥 뜬 고깃국이 담겨 있었다. 처음 맡아보는 냄새에 구역질이 났다. 아주머니가 그 고깃국에 도시락에 담아온 밥을 말고 숟가락을 내게 건넸다.

개장국이야. 약 된다 생각하고 먹어.

아주머니가 말했다.

아저씨가 너 생각해서 사 오신 거야. 감사합니다, 하고 먹어야지.

엄마가 숟가락을 내 손에 쥐여주면서 내 등을 두드렸다. 꼭 아저씨가 보는 앞에서 먹어야 한다는 무언의 재촉이었다.

나는 엄마와 아빠를 위해서, 그리고 '우리'를 위해서 개장국을 숟가락으로 떠먹기 시작했다. 그런 나를 보며 소리 내어 웃던 아저씨, 무표정하게 나를 바라보던 서경 언니와 혹여나 내가 이 일에 실패할까봐 전전긍긍하던 엄마의 얼굴이 떠오른다. 그날, 나는 그 한 그릇을 다 먹으면서도 울지 않았다.

그때 참 살기 좋지 않았니?

엄마의 질문에 나는 애써 웃으며, 고개를 끄덕였다.

손 편지

오랜만에 손으로 쓴 편지를 받았어요. 집 현관문에 누군가 끼워놓고 간 편지에는 어느 종교의 전도사가 쓴 글씨가 적혀 있었어요. 아마도 나이가 있으신 분이 쓰신 것 같은 커다란 글씨로 이 고통이 끝나면 평화가 올 것이고, 눈물이 끝날 것이라는 말이 적혀 있었어요. 편지와 함께 작은 전도지도 있었지요. 예전 같았으면 폐휴지로 바로 버렸을 그 종이를 보며 저는 반가움 비슷한 감정을 느꼈어요. 그리고 그 감정을 느끼는 저 자신을 보고 놀랐어요. 이런 식의 광고성 편지를, 단지 손으로 썼다는 이유만으로 조금 감동하며 바라보고 있는 저 자신을 말이에요.

언젠가 당신은 빨리 시간이 지나서 노인이 되고 싶다고 이야기했죠. 노인이 되면 세상 많은 것들에 무덤덤해질 것이고, 가슴 아픈 일도 이미 많이 겪어 누군가 죽거나 아프다 하더라도 마음이 그렇게 괴로울 것 같지 않다고요. 혼자서 지내는 방법도 그쯤이면 터득하게 되어서 그 어느 때보다도 평온하고 행복하게 지낼 수 있을 것 같다는 예감이 든다고 했어요. 아, 충분한 돈이 있어야겠지만요, 라고 덧붙여 이야기하면서요.

그런 당신의 말에 저는 동의했어요. 더 이상 기대하지 않게 될 테니까, 기대하지 않으면 실망도 없고 상실감도 실패도 없을 테니 그런 면에서 좋을 것 같다고 답했어요. 우린 그런 이야기를 주고받은 뒤 노후대책에 대한 이야기를 나누었던 것 같아요. 아이를 낳는 일은 저희에게는 뜬구름 같은 이야기였죠. 아주 조금만 현실적으로 생각해도 가능하지 않을 일이라는 걸 알았으니까요.

당신은 제가 아르바이트를 하고 있던 레스토랑의 점장이었어요. 시내에 있는 꽤나 큰 지점이어서 당신은 많은 일을 조율하는 역할을 맡았어요. 우린 5년을 같이 일했네요. 당신이 일을 관두고 고향으로 내려간 이후에 제가 점장이 됐죠. 당신 없이 저도 5년을 일했어요.

오늘, 우리가 같이 일했던 그 지점이 문을 닫게 되었습니다. 당신에게 그 소식을 문자메시지로 보냈지만 당신은 언젠가부터 제 메시지에 답을 하지 않고 전화도 받지 않고 있었지요.

점장님, 당신이 고향에 내려가게 되었을 때, 그때 정확히 어떤 일이 있었는지 저는 아직도 몰라요. 꼼꼼한 인수인계만이 기억나네요. 당신이 정리해놓은 매뉴얼 노트를 함께 보면서 창밖으로 내리는 눈을 보던 일이 떠올라요. 연말이 지나고 연초 성수기 시즌이 끝나고 나서야 당신은 떠날 채비를 했어요. 알바생 몇몇이 모여서 케이크도 사고, 롤링 페이퍼도 써서 당신에게 드렸지요. 당신이 퇴직하기 전날, 우린 케이크를 나누어 먹고, 맥주도 마시고, 노래방에도 갔어요.

그때 저는 어리고 감정 조절에 서툴러서 당신의 퇴직에 대한 복잡한 마음을 당신을 은근히 공격하는 방식으로 표현했어요. 당신에게 못마땅한 표정을 짓는다든지 날이 선 대답으로 면박을 주는 식이었던 것 같아요.

점장님, 기억나세요? 처음 제가 당신에게 모나게 대했던 날. 제가 아르바이트를 한 지 얼마 되지 않아서였던 것 같아요. 어떤 중년 남자가 저에게 야, 너, 하며 저를 부르고 반말로 주문을 했었죠. 저는 입술을 깨물고 난감하게 서서 그 상황을 견디고 있었어요. 대답 큰 소리로 못 하나, 남자가 그렇게 말하고 있을 때 당신이 제 뒤에서 나타나서 웃는 얼굴로 말했어요.

손님, 제가 주문 받겠습니다. 무슨 일이세요? 당신은 저를 보고 자리를 피하라는 표정을 지었어요. 저는 시뻘게진 얼굴로 자리를 떠났고 당신은 내내 상냥한 표정으로 남자의 말에 응대했어요. 마감할 시간이 되어서, 당신이 제게 다가와 말했죠. 미나 씨, 아까 당황했죠. 우리 아르바이트생들도 누군가의 귀한 딸이고 아들인데. 다 남의 집 귀한 자식들인데 손님이 그러면 안 되지. 그런 사람 많지 않고 간혹 있는데 오늘 운이 없었어. 어딜 남의 집 귀한 자식한테.

저 귀한 자식 아닌데요.

저는 퉁명스럽게 당신의 말에 대꾸했어요. 그러려고 한 건 아니었는데 그냥 그렇게 말이 나와버렸어요. 처음부터 저는 당신의 그 상냥함이, 저를 향한 친절함이 불편하게 느껴졌어요. 그냥 제가 견디고 지나가면 될 일을 굳이 와서 도와주는 것도 고맙지 않았어요. 그런데도 당신은 절 도와준 일에 대해 생색이라도 내듯이 와서 제게 하지 말아야 할 말을 하고 말았던 거죠. 귀한 자식이니 귀하게 대해야 한다고. 사람을 함부로 대하지 말아야 할 근거가 가정에서 받는 대우에 있다면, 그럼 저는 누구보다도 함부로 대해져도 되는 사람이라고 생각했기 때문이에요. 점장님, 저는 그 말이 싫었어요. 귀한 딸, 귀한 아들.

　우리는 일을 마치고 같이 지하철을 타고 집으로 갔어요. 언제였는지…… 3호선과 환승 구간이 짧아서 우리가 자주 타곤 하던 3-4번 플랫폼 앞에 그런 공익광고가 붙었잖아요. 아직도 선명하게 기억이 나요. 얼굴에 상처가 난 아이의 사진이 크게 걸려 있었어요. 아이의 눈에는 눈물이 맺혀 있었고요. 그 아이의 얼굴 아래로 '지금 맞는 아이가 자라서 폭력 어른이 됩니다'라는 광고 문구가 쓰여 있었지요. 저는 그 광고를 보면 기분이 가라앉아 당신에게 다른 플랫폼 쪽으로 걸어가자고 이야기하곤 했어요.

어느 날인가 1-1 쪽으로 가자고 이야기하는 저에게 당신이 물었어요. 미나 씨, 피곤해요. 거기로 가면 환승할 때 더 걸어야 하는데. 왜 자꾸 그쪽으로 가자고 해요. 저는 손가락으로 광고를 가리키며 그 광고를 보고 있기가 힘들어서 다른 쪽으로 가고 싶었던 것이라고 했어요. 당신은 수긍했고, 그 광고가 없어질 때까지 제가 요구하지 않아도 1-1 쪽으로 걸어갔어요.

우리는 피곤하고 지친 사람들이었어요. 하루 종일 사람들을 대하다 보니 일이 끝나고 나면 서로 말을 하지 않고 같이 지하철을 타는 날도 많았어요. 그 광고판을 가리키며 보기가 힘들어 더 걷자고 했던 건 무리한 요구였죠. 우리는 그 광고에 대해 단 한마디도 나누지 않았지만, 사실 어떤 이야기를 나눈 것이나 마찬가지였어요.

그 광고를 만든 사람의 순진한 마음에 대해 저는 생각했어요. 그런 광고로 아동학대를 막을 수 있으리라고 생각한 사람의 마음요. 그 불성실하고 게으른 아이디어요. 아동학대 가해자들에게 그런 식의 말로 어떤 성찰이나 반성을 불러올 수 있으리라고 믿는 안일함을요. 저는 그 광고를 보면서 학대받는 아이들 중 대체 몇 명이나 그 광고를 보았을까 싶어 마음이 내려앉았어요.

학대하는 어른들은 학대의 이유를 아이에게 돌리죠. 너 때문이라고, 네가 이렇게 폭언을 듣고 매 맞는 이유는 다 너 때문이라고 말해요. 자신이 비열한 인간이어서 아이를 때린다고 말하는 학대자는 없을 테죠. 자기 잘못 때문에 학대당하는 것이 아니라는 사실도 제대로 인지하지 못하는 아이들이 그 광고를 보았을 때 어떤 마음일지, 광고 문구를 만들고 게시한 사람들은 조금도 생각하지 못했을까요.

그 광고를 보며 너의 미래는 지옥의 연장일 거라고 장담하는 어떤 목소리가 지하철 역사 안에서 울리는 것 같았어요. 너는 어른들에게 학대당하고 있어. 그런 너의 미래야 뻔하지. 넌 나중에 그 어른들 같은 사람이 될 거야. 그런 메시지를 공익광고라고 아이들에게 보여주는 세상. 가해자들에게 온전한 벌을 내릴 수도, 아이를 보호할 수도 없는 세상이라는 것을 그런 식으로 천하에 광고하는 세상.

맞고 자란 애들이 나중에 자기 자식 때린다더라.

그 말은 내가 오래도록 느낀 두려움이었죠.

나는 사는 게 무서웠어요.

가끔 텅 빈 방에 누워서 눈을 감으면 내 안에서 울리는 목소리만 살아 있는 느낌이에요. 이렇게 당신에게 말하고 있어요. 나라는 건 없고 나의 목소리만이 울려요. 오로지 목소리만이 나를 대신해요. 이 목소리마저 없다면 내가 여기에 있다는 걸 알 수 있는 방법이 없을 것 같아요.

우린 그런 이야기하는 걸 좋아했죠. 다시 태어나면 뭐가 되고 싶어. 저는 다시 태어나지 않을 거라고 몇 번이고 말했지만 당신은 계속 물었어요. 새요. 저는 대답했어요. 북극 하늘 위를 동그랗게 도는 새가 있대요. 그 새가 되고 싶어요. 점장님은요? 그러면 당신은 나무로도 태어나고 싶고, 기린으로도 태어나고 싶고, 악어로도 태어나고 싶다고 했죠. 인생은 한 번뿐이라던데, 그렇다면 세상의 모든 존재로 한 번씩 살아보고 싶다고 말했어요. 듣기만 해도 고통스러워요. 제가 이야기하니 당신은 선선히 웃었죠.

왜 당신은 빨리 늙어버리기를, 다시 태어나고 또 태어나기를 염원했었나요. 당신에게 아직도 그렇게 생각하느냐고 묻고 싶어요. 정말 나이가 들면 평온해지고 덜 아프게 될 거라고 생각하느냐고.

저는 늙어서, 더 외로워져 결국 그 손 편지를 쓴 사람에게 전화를 거는 상상을 했어요. 저기요, 보내주신 편지 받아보았어요. 편지 써주신 분 맞으시죠? 우리 언제 만나요. 그런 말을 하는 제 모습을 상상했어요. 그리고 시간이 지나 그런 편지를 써서 다른 집 현관문에 꽂는 노인이 된 제 모습을 그려보기도 했어요.

당신에게 제 이야기를 거의 하지 않았지만, 당신도 내가 할머니와 살고 있었던 걸 알고 있었을 거예요.

할머니는 말년에 노인정에 다녔어요. 노인정 문 여는 시간이 되길 기다렸다가 출발했고, 노인정 문 닫는 시간에 집에 도착하셨죠. 평생 일하면서 쓰지 않고 모아둔 돈으로 여생을 보내셨어요. 주전부리를 사다 봉지에 조금씩 담아서 노인정에 다녀오곤 하셨죠.

할머니가 저에게 말하기 전까지는 저도 할머니가 다니는 노인정에서 따돌림당하고 있다는 걸 몰랐어요. 어떤 고통에도 내성이 생기고도 남은 것처럼 보이던 할머니가 그 말을 하면서 눈물을 보였어요.

아무도 할머니에게 말을 걸지 않았대요. 노인들이 동그랗게 둘러앉아 자기들 얘기를 하는 걸 할머니는 먼발치에서 바라보기만 한 거죠. 이미 오래전부터 자신들만의 무리를 만든 사람들이었다고 했어요. 할머니가 돈이라도 많았거나, 자랑할 수 있는 잘난 자식이라도 있었더라면 끼워줬으리라고 말했죠. 아니, 귀라도 제대로 들렸더라면. 할머니는 그런 말들을 제게 들려줬어요. 그 노인정에 나가는 2년 내내 할머니는 그 할머니들에게 인정받지 못했었나봐요. 그리고 그 단순한 사실이 할머니의 마음을 그토록 아프게 했다는 거죠. 다른 사람도 아닌 우리 할머니. 온갖 아픈 시간을 다 보낸 할머니가 받아야 했던 노년이라는 게 그런 것이었던 거예요.

할머니가 다른 할머니들의 호감을 사기 위해 계피 사탕 같은 것을 건네는 모습을 떠올려봤어요. 그 무리에 끼기 위해서 틈을 찾으려 노력하는 할머니의 모습을요. 그게 잘되지 않아 낙담하고, 낙담한 채로도 멀어지지 못한 채 그 무리를 곁눈질했을 할머니의 모습을요. 할머니 왜 그래. 왜 그러고 살아. 왜 그렇게까지 하면서 살아. 짜증이 나서 소리치는 저를 할머니는 눈물이 가득 찬 눈으로 바라봤어요. 사람의 마음은 좀처럼 지치지를 않나봐요. 자꾸만 노력하려 하고, 다가가려 해요. 나에게도 그 마음이 살아 있어요.

오늘 마감을 하고, 레스토랑의 셔터를 내리면서 당신 생각을 했어요. 쫓겨나듯 서울을 빠져나가야 했던 당신의 사정에 대해 나중에서야 알게 되었을 때, 그렇게 말하고 싶었어요. 너무 쉽게 당신 탓을 하는 사람들의 얼굴을 바라보면서 말이에요. 나도 그랬어요. 맞아도 웃고, 오히려 나를 때린 사람의 눈치를 보고, 그 사람의 마음을 걱정해주기도 했었어요. 심지어 그로부터 위로를 받기를 원하기도 했지요. 그래서 저는 입을 열 수 없었어요. 저는 제가 겪은 일들을 증언할 수 없었어요. 왜냐하면 내 고통은 사람들의 눈에 명백하고 순수하게 보이지 않을 테니까. 덜 아프고 싶어 몸부림친 일들이 내 고통이 타당하지 않았다는 사실의 증거가 될 테니까.

잘 지내고 계세요? 밥은 잘 먹고 있는지 잠은 잘 자고 있는지 어디 아픈 곳은 없는지 알고 싶었어요. 하지만 제가 좋지 않은 기억을 두드리는 사람이 될 수 있다는 사실을, 그렇게 당신을 괴롭힐 수 있는 사람이 될 수 있다는 사실을 이제 저도 인정하게 되었어요. 다시는 그렇게 함부로 연락하지 않을게요. 다시는 당신의 인생을 침해하지 않을게요.

우리에겐 말할 수 있는 시간이 있었을지도 모르죠. 들을 수 있는 시간이 있었을지도. 하지만 너무 늦어버렸다는 걸, 이렇게 눈치 없는 저도 이제는 알아요. 제가 덜 미숙했더라면, 조금이라도 당신의 마음을 알 수 있었더라면, 같은 가정도 이제는 아무 소용이 없죠. 하지만 시간이 조금 더 흐른다면, 더 많은 시간이 흘러 우리가 서로를 기억한다면, 그때는 슬픔보다도 그리움이 더 큰 감정으로 우리에게 남아 있겠지요. 그때 우연히라도 만나게 되면 저를 알아봐주세요. 저도 그때는 당신을 알아볼게요.

임보 일기

고양이는 지하 주차장 구석 바닥에 배를 바짝 깔고 귀를 뒤로 젖힌 채로 몸을 웅크렸다. 크림색의 페르시안 장모종으로, 길 생활에 잘 적응하지 못한 태가 났다. 윤주가 다가가도 몸을 피하지 못하고 털을 잔뜩 세운 채로 구석에서 웅크리고만 있었다. 윤주는 아파트 단지의 길고양이들의 면면을 알고 있었는데, 이 아이는 처음이었다. 주인을 찾아줘야 해. 그것이 윤주가 한 첫 번째 생각이었다. 금요일 저녁이었고, 다음 날 일정도 없었다.

고양아, 괜찮아.

윤주는 주차장 구석 모서리에 웅크리고 앉은 고양이에게 다가갔다. 길고양이라면 이런 식으로 잡는 것이 불가능했겠지만, 고양이는 하악질을 하면서도 쉽게 윤주의 두 손에 잡혔다. 윤주는 바닥에 내려놓았던 배낭에 고양이를 넣고 지퍼를 잠갔다. 순한 아이가 분명했다. 팥빵이 같았으면 꿈도 꿀 수 없는 일이었을 텐데. 윤주는 팥빵이를 이동 장에 넣을 때마다 곤란을 겪었던 일을 떠올렸다. 애인이 이동 장을 세로로 세우고, 윤주가 팥빵이를 잡아서 위에서부터 넣으려고 해도 팥빵이는 이동 장에 들어가지 않으려고 버티곤 했다.

윤주는 고양이를 데리고 팥빵이가 다니던 병원에 갔다. 3년 만에 찾아간 것이었는데도, 원장은 윤주를 알아보고 반가운 내색을 했다. 이 병원에 다시 올 거라고는 생각하지 못했다. "제가 무슨 생각으로 동물을 키웠을까요." 울면서 그런 말을 하는 윤주에게 원장은 미안한 표정을 지었었다.

원장은 고양이를 검진했다. 치아 상태를 보고 많아 봐야 3년 정도 된 아이일 거라고, 중성화수술도 되어 있다고 했다.

"주인이 실수로 잃어버린 것 같네요. 며칠은 길에서 헤맨 것 같은데. 먹은 게 있는지 모르겠어요."

원장은 그렇게 말하고 물그릇을 고양이 앞에 놓아주었다. 원장의 책상에 얼음처럼 앉아 있던 고양이는 물그릇을 보더니 코까지 박고서 정신없이 물을 먹었다. 캔을 하나 뜯어주자 그르릉 소리까지 내면서 캔 하나를 다 먹었다.

집으로 데리고 오자마자 고양이는 욕실로 들어가 변기 뒤에 숨었다. 윤주는 창고에 넣어놓았던 팥빵이의 화장실을 꺼내서 모래를 부었다. 부엌 찬장 꼭대기에 두었던 팥빵이 전용 그릇을 꺼내어 동물 병원에서 사 온 사료를 붓고 물을 따랐다.

"고양아. 밥 여기 있어."

윤주는 밥그릇과 물그릇을 고양이가 숨어 있는 화장실 입구에 갖다 놓았다. 죽은 팥빵이의 물건들을 제대로 정리하지 않은 건 윤주만의 비밀이었다. 밥그릇은 그렇다 쳐도, 죽은 고양이의 플라스틱 화장실까지 버리지 못하는 걸 이해해줄 수 있는 사람은 없을 것이었다. 사실 윤주 자신도 그런 자신을 온전히 이해할 수가 없었으니까. 플라스틱 화장실에도 팥빵이의 존재가 여전히 붙어 있는 것 같다는 말을 윤주는 누구에게도 하지 못했다.

고양이는 변기 뒤에 앉아서 윤주를 바라봤다. 긴장이 조금 풀렸는지 두 앞발을 나란히 앞으로 뻗은 채로 눈을 깜빡였다. 다른 페르시안에 비해서 얼굴이 크고, 가만히 보니 꽤나 느긋해 보이는 인상이었다. 도톰한 앞발도 컸다. 눈은 호박색이었다. 윤주는 자신이 고양이를 바라보고 있다는 것도 잠시 잊고서 그 애의 모습을 봤다. 고양이가 눈을 가늘게 뜨며 윤주에게 눈 뽀뽀를 했다.

잠결에 침대 위의 핸드폰으로 손을 뻗었는데 뭔가 부드러운 것이 손등에 닿았다. 안경을 찾아 쓰고 보니 고양이가 윤주의 다리 옆에서 웅크리고 앉아 있었다. 눈을 마주치자 고양이가 두 앞발을 쭉 펴고 기지개를 켜고서 윤주의 얼굴 가까이 다가왔다. 윤주가 조심스럽게 고양이의 머리를 쓰다듬었다. 고양이는 눈을 감고서 골골송을 불렀다.

고양이는 부드럽고 따뜻했다. 동그란 얼굴에 젊은 고양이 특유의 생기가 감돌았다. 어쩌다가 주인을 잃었니. 어쩌다가 집을 나왔어. 그렇게 생각하면서도 어쩌면 고양이가 누군가로부터 유기되었을지도 모른다는 상상이 스쳤다.

어떤 사람들은 키우던 동물을 버린다. 털이 날린다고, 똥오
줌 냄새기 난다고, 더 이상 어리지 않아서 귀엽지 않다고, 아
프다고, 늙었다고, 감당이 되지 않는다고 버린다. 그런 인간들
도 가족이라고 생각해서 정을 주고, 온전한 믿음을 준 동물들
을 생각할 때면 윤주는 마음이 상했다. 고양이를 사랑하면 할
수록, 윤주는 어쩐지 인간에게 더 거리감을 느끼게 됐다. 인간
은 그런 동물이다. 아니, 그럴 수 있는 동물이다. 배신할 수 있
는 동물. 자신의 배신이 온전히 약한 생명에게 죽음을 가져올
수 있다는 걸 알면서도 그럴 수 있는 동물.

윤주는 고양이의 사진을 찍어서 전단을 만들었다. 발견된 시
간과 장소, 추정 나이, 성별, 성격과 행동거지, 목소리까지 자세
히 적었다. 앞모습을 가장 큰 사진으로 두고, 뒷모습과 옆모습
사진도 작게나마 넣었다. 윤주가 사는 아파트 단지를 중심으
로 주변 아파트 단지 근처 담벼락과 전봇대에, 동네의 크고 작
은 동물 병원 여섯 군데에 양해를 구하고 전단을 붙였다. 네이
버 고양이 카페와 지역 주민 커뮤니티 카페에도 가입해서 글

을 올렸다.

일주일이 지났지만 누구에게도 연락이 오지 않았다. 윤주는 하루 날을 잡아서 인터넷에 글을 다시 올리고, 조금 더 촘촘하게 전단을 붙였다. 고양이의 귀여운 얼굴을 볼 때면, 고양이를 잃은 상상 속 주인의 안타까움이 그려졌다. 네이버 카페와 트위터에 '고양이를 찾습니다'와 '서울 중랑구'를 함께 입력해서 검색했다.

팥빵이를 키울 때, 윤주가 가장 두려워했던 건 팥빵이를 잃어버리는 일이었다. 죽음은 받아들일 수 있지만, 실종은 감당할 수 없다고 생각했다. 키우던 동물을 잠깐의 실수로 잃어버린 사람들의 사연을 읽으며 윤주는 가슴이 두근거렸다. 이미 팥빵이는 세상에 없는데도, 마치 여전히, 자신이 팥빵이를 잃어버릴 수 있는 사람인 것처럼.

한 달이 지났지만 고양이를 찾는다는 연락은 오지 않았다.

동물 병원 원장은 아마도 실종이 아니라 유기일 것이라고, 실종이라고 하더라도 이 정도로 찾아보지 않는 건 유기와 다를 바 없다고 말했다. "윤주 씨가 그냥 키우세요." 그렇게 말하는 원장에게 윤주는 고개를 저었다. 다시 고양이를 사랑하고 싶지 않았다. 다시는 그런 아픔을 경험하고 싶지 않았다. "혹시나 주인이 아직 찾고 있을까봐요." 그런 말을 하는 윤주의 얼굴을 원장은 무표정하게 바라봤다.

한 달간의 동거였지만, 이미 고양이는 윤주에게 마음을 주고 있었다. 퇴근하고 돌아오면 뱃살을 덜렁거리며 현관문으로 뛰어나왔고, 두 발로 서서 윤주의 다리에 붙었다. 윤주가 방으로 들어가면 앞서 걷다가 옆으로 쓰러져서 배를 보이고 꼬리로 바닥을 툭툭 쳤다. 윤주가 밥을 먹을 때도, 인터넷을 할 때도 고양이는 윤주를 주시했고 눈이 마주치면 눈을 깜박이며 눈 뽀뽀를 했다. 자려고 침대에 가면 따라와서 윤주의 팔에 기대고 자다가 아침이면 윤주의 배 위에 올라와서 꾹꾹이를 하기도 했다. 배 위에서의 꾹꾹이는 팥빵이를 오래 키우면서도 한 번도 받아본 적 없었던 대접이었다. 고양이는 천성이 다정한 아이였다.

곁에 누워서 잠을 자는 고양이를 볼 때면 시간이 금방 갔다. 작은 콧구멍으로 숨을 쉬면서, 동그란 배가 위아래로 조금씩 움직이고, 꿈에서 달리기를 하는 듯 앞발을 움찔거리는 고양이. 배에 귀를 대보면 심장 뛰는 소리가 들렸다. 고양이의 심장에서 뿜어져 나온 피가 다시 고양이의 심장으로 순환하는 소리에 윤주는 새삼스럽게도 마음이 아프곤 했다.

모르는 곳에 나왔을 때 얼마나 무섭고 어리둥절했니. 나는 누가 널 버렸다고 생각하고 싶지 않아.

두 달이 지나고, 윤주는 고양이가 유기되었거나, 실종되었더라도 그럴 사정이 있었으리라는 판단을 내렸다. 다시 고양이를 키우지 않기로 마음먹었으므로, 좋은 사람에게 입양을 보내기로 결심했다. 아는 사람, 적어도 아는 사람의 아는 사람에게 보내고 싶었지만 주변에 성묘 입양을 원하는 사람이 없었다.

'고양이(3세 추정, 중성화 완료 수컷)의 가족을 찾습니다. 순한 개냥이예요.'

윤주는 자신의 카카오톡 프로필에 고양이 사진을 올리고, 입양 가족을 찾는다는 내용을 적었다. SNS 계정이라도 있었으면 홍보를 더 잘할 수 있었을 텐데. 윤주는 네이버 카페 '고양이라서 다행이야'와 '냥이네'에도 입양 홍보 글을 올렸다. 사진은 신중하게 선택해서 올렸다. 분홍색 보타이를 매고 위를 바라보고 있는 사진, 이불 안에 들어가서 자는 사진, 한쪽 앞다리를 들어서 '안녕' 인사하는 것처럼 보이는 사진도 올렸다.

'학생 문의 사절합니다. 앞으로 임신을 준비 중인 부부도 안 됩니다. 아이가 무지개 다리를 건널 때까지 책임질 수 있는, 경제적으로 안정된 성인 반려인을 구합니다.'

글을 딱딱하게 써서인지, 아깽이 대란 시즌이어서인지 입양 문의 쪽지나 답글이 거의 없었다. '귀여운 아인데 안됐네요' '고양아 좋은 가족 만나' 같은 응원 답글이 전부였다. 윤주는 수시로 카페와 쪽지와 메일을 확인하면서 입양 문의가 오기를 기다렸다. 입양 글을 올린 지 일주일이 지났을까. 고양이와 함께 자리에 누웠을 때 새 메일이 왔다는 알림이 떴다.

'입양 문의드려요'라는 제목의 메일이었다.

'안녕하세요. 고다에서 보고 연락드려요. 어떤 말씀부터 드려야 할지. 저는 서른셋 여자고, 남편과 둘이 살고 있어요. 어제 고양이 사진을 처음 보고, 계속 마음에 남아서 연락드려요.

이런 문의 드리는 거 처음이에요. 고다에 가입한 지도 꽤 됐는데 한동안은 눈팅만 했었거든요. 앞으로 임신 준비 중인 부부는 안 된다고 하셨는데 남편이랑 고양이 키우는 거에 관한 얘기 다 됐구요. 아이 가질 계획도 없어요. 중학교 때부터 취직해서까지 고양이 한 마리를 15년 키운 경험도 있어요. 충동적으로 말씀드리는 것 아니니까 한번 생각해보고 연락 주세요.'

윤주는 핸드폰에 눈길을 잠시 주다가 메일함을 나왔다. 아이가 없는 젊은 부부에게는 보내고 싶지 않은 것이 솔직한 심정이었다. 아무리 부부가 고양이를 잘 키우고자 합의했다고 하더라도 가족들이 끼어들면 문제가 생기곤 했다. 며느리가 임신해서까지도 별말 없던 시가 식구가 출산 직후부터 고양이를 내다 버려야 한다고, 애한테 안 좋다고 매번 이야기한다든지, 난임부부에게 고양이가 있어서 애가 안 생기니 갖다 버리라고 얘기하는 경우라든지. 그런 이야기는 고양이 커뮤니티에서 언제든지 볼 수 있는 고민 글의 유형이었다.

시가 식구들이 왜 고양이 키우는 것에까지 상관인가, 왜 그런 말에 영향을 받나, 라는 생각도 들었고, 그런 주제넘은 참

견에 져서 실제로 고양이를 파양하는 사람들에게 화가 나기도 했다. 그러나 고양이를 너무 사랑하는데도 시가의 압박 때문에 어쩔 수 없이 파양해야 하는 경우도 있으리라는 생각이 들기도 했다. 그런 결혼이라는 게 뭘까.

'보내주신 메일 잘 받았습니다. 입양 글에 올렸듯이, 저는 아이가 없는 신혼부부에게는 고양이를 입양 보내지 않기로 했습니다. 임신 계획이 당장 없으시다고 하더라도, 혹여나 마음이 바뀌시거나 아이가 생기게 되면 고양이를 파양하는 경우가 종종 있어서요. 이미 아픈 일을 겪은 아이여서 두 번째 가족은 아이가 무지개 다리 건널 때까지 맡아줄 수 있는 분들이었으면 좋겠어요.'

다음 날 아침, 회사 컴퓨터로 메일 답장을 보내고 윤주는 사진첩의 고양이 사진들을 봤다. 눈을 마주치고, 살을 대고 지낸다는 건 생각보다 큰일이었다. 회사에 와서는 늘 고양이 생각을 했고, 퇴근하는 길에는 고양이를 빨리 보고 싶다는 생각에 언덕길을 뛰어 올라가기도 했다. 자신을 보고 반가워하는 고양이를 보면 기다리게 해서 미안하다는 마음도 들었다.

집으로 돌아와 재활용 쓰레기를 버리고 오니 다시 메일이 와 있었다.

'이런 이야기까지 드리면 불편하실지 모르겠지만 저희는 평생 아이 없이 살기로 약속을 했어요. 약속만이 아니라, 남편은 수술도 받았어요. 혹시 증명이 필요하시면 보내드릴게요. 아이 없는 부부에게 입양 보내기 싫으신 거, 저도 당연히 이해하고 있어요. 저도 결혼 전에 고양이 임보를 두 번 했었고, 그런 조건 걸었던 적 있었어요. 제 아이디를 클릭하시면 제가 올린 입양 글과, 제가 예전에 키웠던 고양이에 대한 글이 있어요. 보시고, 다시 판단해주시면 감사하겠습니다.'

윤주는 고다에 들어가 그녀의 아이디를 클릭했다. 그녀의 말대로 그녀는 두 마리의 고양이를 임보하고 입양 보냈다. 한 마리는 장에 문제가 있어서 일주일간 입원을 했는데, 그녀가 매일 병원에 가서 아이를 보고, 퇴원 후 완치될 때까지 돌보아서 입양을 보내기도 했다. 입원 비용과 약 비용이 얼마나 비싼지 윤주는 알고 있었다. 그녀는 장난삼아 고양이를 키울 사람은 아니었다.

177

윤주는 그녀가 올린 예전 글들을 봤다. 키우던 고양이의 죽음 뒤에 올린 글이 세 개 있었고, 고양이의 투병기도 세 개 있었다.

'이만큼 버틴 것을 보고 의사 선생님은 기적이라고 말씀하셨어요. 이렇게 관리하면서 불편 없이 살 수 있는 게 기적이라고요. 처음 이 아이 이름을 정할 때, 누가 음식 이름으로 고양이 이름을 지으면 오래 산다고 해서 그렇게 했던 게 다행이라는 생각까지 들었어요. 그런 작은 것 하나하나를 다 되짚으며 의미를 얻고 싶어서인지. 고양이 이름이 만두가 뭐야, 사람들이 웃으며 말하긴 했지만 그렇게 이름 지어서 아직도 만두가 저랑 같이 있는 거 아닌가, 하는 생각이 들어요.'

만두라는 고양이는 윤주가 임보하는 고양이와 닮아 있었다. 종도, 성별도 달라서 고양이를 키우지 않는 사람이라면 닮은 점을 찾기 어려울 수도 있었지만. 사람을 바라보는 눈빛, 눈을 감았을 때의 얼굴, 장난칠 때의 표정까지도 비슷했다. 그녀가 올린 글을 모두 읽고 나서, 윤주는 얼굴에 흐른 눈물을 닦았다.

그녀는 이 끝이 어떨 것을 다 알면서도, 다시 시작하려 하는 사람이었다.

윤주는 그녀의 메일에 답을 보냈다. 하루 날을 잡아서, 남편과 함께 고양이를 보러 오라고, 조금이라도 얼굴을 보고 이야기해보자고.

고양이는 윤주의 발등에 얼굴을 베고서 작은 혀를 조금 내밀고 그녀를 바라봤다. 더 정을 주지 않으려고 이름조차 짓지 않았는데도 피부를 맞대고 맥박을 느낀 다정한 존재의 무게가 가벼울 수는 없었다. 윤주는 고양이의 머리를 쓰다듬었다. 고양이와 함께할 시간이 이제 얼마 남지 않았다고 생각하면서. 마음은 아프지만, 행복한 헤어짐도 가능할 수 있다는 사실을 조금은 예감하면서.

안녕, 꾸꾸

어느 날 그녀는 이런 문장을 읽었다.

"사실 닭이라고 해서 모두 똑같지는 않아. 우리 눈에 모두 똑같아 보일 뿐, 실은 닭들도 사람처럼 저마다 서로 다른 거야. 세상이 창조된 이래로 완전히 똑같은 두 피조물이 세상에 태어난 적은 없어."*

유대인 공동체 키부츠에 사는 모시라는 아이의 목소리였다. 허구의 인물인 그는 닭장 청소를 하며 평생 닭장에 갇혀 사는 닭들의 처지를 어림하고 채식주의자가 되고 싶다고 생각한다.

* 아모스 오즈, 『친구 사이』, 민은영 옮김, 문학동네, 2013, 78쪽.

그러나 이런 생각에 대해서 누구에게도 말하지 않는다.

그녀는 책장을 덮고 창밖을 바라보았다.

비가 오는 날이었다. 병아리 한 마리가 놀이터 모래 바닥에서 서성였다. 누군가 놀이터에 버리고 간 것 같았다. 다가가 손으로 잡아보니 뼈가 잡힐 만큼 앙상했다. 손으로 감싸 쥐었는데도 병아리는 미동이 없이 가만히 있었다. 그 작은 몸에도 심장이 뛰어서 그 박동이 그녀의 손가락에 전해졌다.

"어차피 죽을 거야. 죽기 전이라도 데리고 있으렴."

부모의 말에 그녀는 아파트 베란다에 종이 상자를 두고 그곳에 병아리를 놓았다. 밥풀을 놓으니 그것을 쪼아 먹었고, 밥을 다 먹고는 상자에 기대어 잠을 잤다. 그녀는 병아리를 꾸꾸라고 불렀다. 금방 죽으리라는 모두의 예상과는 다르게 꾸꾸는 중닭이 됐고, 시간이 더 지나자 어엿한 암탉으로 자랐다. 자라나는 제 모습이 자랑스럽기라도 한 것처럼 날갯죽지를 쭉 펴기도 하고 뒤뚱뒤뚱 베란다를 걸어 다녔다. 부리로 물을 마시는 모습이며, 그녀가 베란다에 가면 고개를 갸웃거리며 그녀를 향해 걸어오는 모습이 그녀 눈에는 몹시 귀여웠다. 깔끔한 부모가 개와 고양이를 키우지 못하게 했으므로 꾸꾸는 그녀가 처음으로 함께 정을 붙일 수 있는 동물이었던 셈이다.

완연한 닭이 되지미자 부모님은 꾸꾸를 아버지 친척의 농장으로 보냈다. 그때 그녀는 열 살이었고, 꾸꾸가 어디로 보내졌고, 결국 어떻게 되었는지에 대한 어른들의 설명을 믿을 수밖에 없었다. 농장은 좋은 곳이라고 했다. 꾸꾸가 그곳에서 친구를 사귀게 되리라고 부모는 말했다. 꾸꾸가 떠나기 전날 밤, 그녀는 담요 위에 웅크리고 앉아 있는 꾸꾸를 한참이고 쓰다듬었다. 언제까지고 꾸꾸와 함께 지낼 수 없다는 것을 알고 있었으면서도 조금이라도 더 함께 있고 싶었다. 꾸꾸가 가고 그녀는 몇 날을 울며 보냈다.

부모는 꾸꾸에 대한 그녀의 사랑을 유난이라고 말했다. 그들은 꾸꾸에 대한 그녀의 애정을 농담거리로 삼았다. 닭에게 이름을 붙이고 항상 쓰다듬어줬다고, 그런 이유로 이제 닭고기도 먹지 않는다고. 대체 어떤 부분이 그렇게 웃긴 것인지 그녀는 이해할 수 없었지만 사람들의 반응에 상처를 받느니 꾸꾸에 대한 이야기를 비밀에 부치는 편이 나으리라고 판단했다.

성인이 되고 술자리에서 치킨이 나올 때마다 사람들은 그녀에게 물었다. 왜 닭고기를 먹지 않느냐고. 분위기를 깨고 싶지 않았으므로 그녀는 고기 알레르기가 있다고 말했다. 그렇게 말하면 사람들은 그렇구나, 정도로 말하고 지나갔다. 간편한 방식이었다. 선아를 만나기 전까지는 그랬다.

선아는 그녀가 대학교 4학년 때 같은 동아리에 들어온 새내기였다. 새내기였지만 대학에 들어오기 전까지 사회생활을 해서 그녀와 같은 나이였다. 같은 테이블에 앉아서 "아, 저는 고기를 먹지 않아요"라고 말하는 선아에게 사람들은 이유를 물었다. "어떻게 사육하는지 알고 나니 먹을 수가 없었거든요." 선아는 심드렁하게 말했고, 맞은편에 앉은 그녀의 동기는 "난 다른 건 다 이해해도 채식주의는 이해 못 하겠더라"고 맞받아쳤다. 선아는 그런 동기를 가만히 바라보며 여유롭게 웃었다.

교양수업을 단둘이 듣게 되면서 그녀는 선아와 목요일 점심을 항상 같이 먹었고, 이런저런 이야기들을 나눴다.

"선배 닭이 몇 년 사는 줄 알아?" 선아가 물었다.

"글쎄…… 1년? 3년?"

"평균 15년 산대."

"그렇구나."

"싱징 촉진제를 맞혀서 병아리들 뼈랑 살을 불리는 거래. 빠른 시간 내에 상품으로 만들려고."

그녀는 선아에게서 빽빽한 사육장에서 길러지는 닭에 대한 이야기를 들을 수 있었다. 몸을 제대로 움직이지도 못할 만큼 닭으로 가득 찬 닭장에 대해서, 부리로 서로를 쪼아 값을 떨어뜨릴까봐 병아리들의 부리 끝을 잘라낸다는 말을. 그녀는 꾸꾸의 여린 부리를 문득 떠올렸다. 이리저리 분주하게 베란다를 걸어 다니던 귀여운 모습도.

"그런 걸 알고도 먹을 수가 없었던 것뿐인데. 그냥 내 선택이 잖아, 선배. 나 하나 안 먹는다고 해서 뭐가 바뀌느냐고 말하는 사람도 있지만 그래도, 그냥 알고도 먹을 수는 없었을 뿐이었어. 그런데도 욕 많이 먹었지."

"나 사실 닭고기 알레르기 없는 거 알아?"

그녀는 선아에게 꾸꾸에 대해 말했다. '고작 닭 한 마리'를 애지중지했다고 웃음거리가 되었을 때의 알 수 없는 슬픔에

대해서. 선아는 그 이야기를 웃지 않고 들어준 최초의 사람이었다. 선아는 그녀에게 쿤데라와 쿳시의 책을 소개해주었고, 그녀는 책 속에서 그녀와 마음이 같은 사람들을 만날 수 있었다. 동물이 고기이기 전, 하나의 존중받아야 할 생명이라는 생각은 다수의 생각과 달랐지만 그렇다고 해서 틀린 것은 아니었다.

밀란 쿤데라의 『참을 수 없는 존재의 가벼움』에서 화자는 데카르트와 니체의 이야기를 한다. 동물의 신음 소리를 작동 상태가 나쁜 마차 바퀴의 삐걱거리는 소리와 다를 바 없다고 본 데카르트. 그에게 동물은 자동인형, 움직이는 기계였다. 데카르트의 이야기 다음 장면에서 작가는 튜랭의 한 호텔에서 나오는 니체의 모습을 그린다. 니체는 호텔 앞에서 말과 그 말을 채찍으로 때리는 마부를 보고 말에게 다가간다. 그러고는 마부가 보는 앞에서 말의 목을 껴안더니 울음을 터뜨린다. 니체는 말에게 다가가 데카르트를 용서해달라고 빈 것이다.

굴착기로 땅을 파고 수천수만 마리의 닭들을 생매장하는 장면을 (그것이 비록 모자이크 처리가 되어 있을지라도) 그녀는 볼 수 없었다. 최근에만 2천만 마리의 닭과 오리가 생매장되었다는 뉴스를 들으면서 그녀는 천만 마리가 넘어가는 닭의 무리를 상상하려 시도했지만 상상할 수 없었다. 말의 목을 껴안고 용서를 빌었던 니체와 대규모로 동물을 사육하고 살처분하는 인간들의 거리는 너무 멀었다. 그런 의미에서 우리는 데카르트의 자녀들일까.

인간이 다른 동물을 먹는다는 것은 자연스러운 일이지만 공장식 축산 시스템은 그 어떤 부분도 자연스럽지 않았다. 결국 도살당할 생명이라고 하더라도 살아 있는 한 최소한의 삶을 누려야 한다고 그녀는 믿었다. 그런 생각을 위선이라고 지적한다고 할지라도. 적어도 지금의 방식은 옳지 않다고 말할 수 있었다.

'살아 있는 생명에 대한 최소한의 존중을 바라.'

그녀는 꾸꾸에 대한 사랑을 더는 부끄럽게 기억하지 않는다.

무급휴가

1.

현주는 그 방을 미리의 방이라고 했다. 그런 현주의 말을 증명이라도 하듯이 미리가 그린 그림이 표구되어 벽에 걸려 있었다. 현주와 현주의 고양이 올빼미를 그린 그림이었다. 그 그림을 다시 보기 전까지 미리는 자신이 그걸 그렸다는 사실 자체를 잊고 있었다.

그림을 보고 있자니 그걸 그렸던 때가 떠올랐다. 창문으로 가로등이 가까이 보이던 언덕 위 현주의 방. 휴일이 되면 그곳에서 잠을 몰아 자곤 했다. 자신의 어깨에 기대어 자던 올빼미의 감촉과 올빼미의 부드러운 발바닥에서 나던 따뜻한 향기가 느껴지는 것 같았다.

한국에 들어와 자가 격리를 해야 했던 15일 동안 미리는 걷잡을 수 없을 정도로 생각이 많아졌고 마지막 사흘은 밤마다 울었다. 미리는 생각을 줄이려고 10년 전에 봤던 미국 시트콤 〈프렌즈〉를 처음부터 마지막까지 다시 몰아 봤다. 그러고도 마음을 다잡을 수가 없어서 작은방을 불안하게 왕복했다. 현주는 이런 시간을 어떻게 견디는 걸까. 미리는 창밖으로 내리는 장맛비를 바라보며 현주를 생각했다.

현주는 미리의 격리가 끝나는 날 검은색 아반떼를 몰고 와서 미리를 자기 집으로 데려왔다. 6개월 전에 다시 연락을 시작했지만 실제로 얼굴을 본 건 3년 만이었다. 마지막으로 봤을 때 현주는 짧은 머리에 깡마른 모습이었는데 그사이 얼굴에 살이 붙고 숱이 많은 머리카락을 길게 길러 하나로 묶고 있었다. 눈가에 예전에는 없던 잔주름이 보였다. 시력이 나빠졌는지 안경을 쓰고 있었다.

그들은 3년 전에 크게 싸웠다. 그간 크고 작게 싸웠지만 그때의 싸움은 달랐다. 현주는 그 이후로 미리에게 연락하지 않았고 미리도 그런 현주에게 복수라도 하듯이 현주를 없는 사람 취급했다. 그 시간 동안 미리는 진심으로 현주를 미워했다.

어느 날 같이 사는 언니 중 한 명이 미리에게 그런 말을 했다.

부부 싸움하고 매번 먼저 사과하는 사람이 먼저 죽는대.

그 말을 듣고 미리는 열 번을 싸우면 여덟 번은 먼저 사과하던 현주를 떠올렸다. 미리야, 미안해. 마음 풀어. 미리는 먼저 죽는 사람은 현주가 아니라 자신이 되어야 한다고 생각했다. 그런 생각을 하며 잠이 든 날 꿈에 현주가 나왔다. 꿈에서 현주는 춥고 어두운 밤에 외투도 없이 맨발에 슬리퍼를 신고 벤치에 앉아 있었다.

꿈을 꾸고 일어난 곳은 비행을 마치고 잠시 눈을 붙인 필리핀 마닐라의 한 호텔이었다. 미리는 호텔 로비에 무료로 비치된 엽서에 미안하다고, 네가 보고 싶다고 적어서 현주에게 부쳤다. 얼마 지나지 않아 현주가 스카이프로 영상통화를 걸어왔다. 현주는 미리가 바로 전화를 받을 거라고는 생각하지 못했다면서 지금 한국은 새벽 3시라고 했다. 그날 미리와 현주는 오랫동안 통화했다.

현주는 미리의 엽서를 받기 며칠 전에 1년 동안 투병하던 올빼미가 죽었다고 했다. 현주는 올빼미를 데리고 병원을 옮겨 다니며 처치를 받아야 했던 일, 어렵게 약을 먹여야 했던 일을 담담하게 이야기했다. 미리 울어두고 마음의 준비를 해서 괜찮을 거라고 생각했지만 소용없었다고 했다. 우리는 모든 게 꼭 당연히고 영원하다고 믿는 사람들처럼 살지만 그런 건 아무것도 없다고.

아마도 몇 개월 안에 휴가가 나올 것 같으니 그때 한국에서 보자고 말했을 때만 해도 미리는 얼마 지나지 않아 두바이 공항이 폐쇄될 줄 몰랐다. 동료들이 권고사직을 당하고 자신도 불안하게 대기하다 기약 없이 한국으로 보내지게 될 줄은 몰랐다. 그사이 현주는 서울 근교에 있는 작은 마을의 주택을 사서 그곳으로 이사 갔다. 미리가 당분간 한국에서 지내야 한다고 하자 현주는 집으로 오라고 했다. 여기에 미리의 방이 있다면서.

미리는 현주의 제안이 고마웠지만 선뜻 그러겠다고 하지 않았다. 그러던 중 예전에 같이 일하던 언니가 광주에서 식당을 열었다면서 연락을 줬다. 한국에 머무는 동안 아르바이트를 하고 싶다면 광주로 내려오라고 말하며 8월 첫째 주까지 답을 달라고 했다. 격리가 끝나는 건 7월 셋째 주였다. 미리는 격리 기간 동안 고민을 하다가 현주에게 연락을 했고 격리가 끝나자마자 현주의 집으로 갔다. 무엇보다도 현주와 이야기 나누고 싶은 마음이 커서였다.

현주의 집에 도착해서 짐을 풀고 한참 낮잠을 자다 일어나 보니 벌써 5시였다. 갈증이 났다. 밖으로 나가 보니 현주가 부엌에 서서 쌀을 씻고 있었다.

"잘 잤어? 배고프지."

"응. 배도 고픈데 목말라서……. 물 어디 있어?"

"물이야 냉장고에 있지. 그냥 네가 먹고 싶은 거 꺼내서 먹으면 돼."

현주가 시원한 보리차를 잔에 따라 미리에게 건넸다.

"컵은 여기 있고, 접시는 저기 위쪽에 있어. 냄비랑 프라이팬은 아래쪽에. 라면이랑 통조림 같은 건 냉장고 옆 수납장에 있어. 과자랑 차도 거기 있고."

현주가 수납장 문을 하나하나 열면서 설명했다.

"그리고 오늘 저녁은 내가 할 거야. 넌 더 쉬고 있어."

"그래, 그럼 설거지는 내가 할게."

현주는 무쇠 냄비를 꺼내서 콩나물밥을 짓고 묵은지를 넣은 청국장을 끓였다. 콩나물밥에 넣어 먹을 양념장을 만들고 감자를 볶고 고등어를 굽고 상추와 깻잎과 오이고추를 깨끗하게 씻었다.

"콩나물밥이네."

"응. 여기 양념장 넣어 먹어."

현주는 약간 긴장한 것처럼 보였다. 반찬을 이것저것 미리 쪽으로 몰아주면서 정작 미리의 얼굴은 잘 쳐다보지 못했다.

"몇 년 만에 먹는 건지 모르겠다. 우리 한솥 도시락에서 자주 사 먹었잖아. 콩나물밥 도시락."

미리가 말했다.

"그랬었지. 먹고 나면 한 시간 만에 배가 꺼졌어."

"맞아."

둘 다 두 공기씩 밥을 먹고 냄비에 눌어붙은 누룽지에 뜨거운 물을 부어서 숭늉을 마셨다. 미리가 격리되었을 때의 이야기, 두바이에서의 이야기를 주절주절 늘어놓는 동안 현주는 별말 없이 밥을 먹으면서 미리의 이야기를 들었다.

"혼자 사는 건 이제 좀 어때? 일도 집에서 하고 답답하지 않아?"

미리가 물었다.

"적응 중이야."

"외롭진 않아?"

"응……. 이쯤 외로운 건 감수해야지."

자신의 질문에 현주가 불편해하는 걸 알아채고 미리가 변명하듯이 말했다.

"난 한 번도 혼자 살아본 적이 없잖아. 근데 앞으로는 혼자 살아야 할지도 몰라서 물어본 거야. 다른 게 아니라."

"알아."

현주가 미리와 눈을 맞추며 미소 지었다.

"작업은 잘돼가?"

미리가 물었다.

"맨날 똑같지. 요즘은 밖에 잘 못 나가니까……. 그래서인지 작업도 잘 안 풀리는 것 같아. 핑계겠지만."

"최근 작업 보니까 네가 더 자유로워진 것 같아서 좋더라. 너답고. 네가 잘해나가고 있다고 생각했어."

"고마워. 나도 그렇게 생각하고 있어."

현주의 대답에 미리는 놀라면서도 마음이 놓였다. 예전의 현주 같았으면 아니야, 그렇지 않아, 엉망이야, 라고 말했을 것이다. 더 오래전이었다면 아무것도 아니야, 이런 거, 라며 자기 작품을 무시했을 것이다. 현주의 말이 매번 미리의 신경을 긁었던 건 그것이 그저 겸양의 포즈가 아니었기 때문이었다. 현주는 진심으로 그렇게 생각했다. 이유가 있는 호평은 결코 믿지 않았고 가장 잔인하고 혹독한 평가에만 진실이 있는 것처럼 귀를 기울였다. 그런 태도가 자신을 사랑하는 사람들에게도 상처를 준다는 것을 알지 못하는 사람처럼 보였다.

"그래, 네가 이렇게 인정하니까 내 마음이 다 좋다."

미리의 말에 현주는 조용히 고개를 끄덕이며 말했다.

"노력하고 있어."

2.

현주의 집에 도착한 다음 날부터는 비가 그치고 거실의 큰 창문에서 따뜻한 햇볕이 쏟아져 내려왔다. 창밖으로 건너편의 동산과 마당의 나무 한 그루가 보였다. 창문은 빗물 모양의 먼지 자국으로 얼룩덜룩했다.

"올빼미가 저기 있어."

현주가 손가락으로 창밖을 가리키며 말했다.

"어디?"

"저기 나무 보이지."

"마당에 있는 거?"

"응. 저거. 나가볼래?"

미리는 현주를 따라 마당으로 갔다. 현주는 초록색의 작은 열매들이 달린 나무 앞에 쪼그리고 앉아서 손바닥으로 흙을 토닥였다. 그 아래에 올빼미가 묻혀 있는 거였다.

올빼미는 다정한 고양이었다. 미리가 현주의 집에 가면 통통 통 달려와서 그녀의 다리에 자기 머리를 박고 만져달라고 앞 발로 툭툭 치곤 했었다. 3년 전에 마지막으로 봤을 때도 미리를 알아본 듯 배를 보이며 잠을 잤다.

현주는 올빼미와 14년을 같이 살았다. 동물을 키운다는 생각 자체를 해본 적이 없었는데 머리가 깨질 것처럼 추웠던 소한小寒에 새끼 고양이 한 마리가 현주의 자취방으로 따라 들어와서 자리를 잡은 거였다. 꼭 새끼 올빼미처럼 생겨서 미리가 올빼미라고 부른 것을 현주가 그대로 이름으로 썼다. 부모님이 남해의 한 마을로 귀농을 한 이후에 올빼미는 실질적으로 현주의 유일한 가족이었다.

"덥다. 들어가자."

현주가 손을 털고서 자리에서 일어났다.

"내가 요즘 그린 거 볼래? 어제 작업실은 안 보여준 것 같아서."

"봐도 돼?"

"그럼. 나 손 좀 씻고 갈게. 너 먼저 들어가 있어."

미리는 얼떨떨한 마음으로 현관 옆에 있는 작업실을 향해 걸어갔다. 현주는 그림을 완성하기 전까지는 갤러리 사람들을 제외하고는 절대로 자기 그림을 보여주지 않았다. 미리 또한 예외는 아니었다.

현주가 미술사 석사과정을 다닐 때였다. 그날 미리는 현주의 집에 갔다가 세탁기 위에 놓인 흰 천을 발견했다. 별생각 없이 천을 옆으로 치우니 캔버스에 반쯤 그리다 만 그림이 있었다. 한눈에 봐도 현주가 그린 그림이었다.

너 뭐해?

현주가 그렇게 말하면서 천으로 그림을 가렸다.

그냥 네 그림 보려고…….

저리 가.

그렇게 말하는 현주의 얼굴과 목이 울긋불긋했다. 고등학교 때나 대학교 때까지 현주는 허물없이 미리에게 그림을 보여줬었기에 현주가 그렇게까지 당황하는 모습을 이해하기 어려웠다.

내가 좀 보면 안 돼?

저리 가라고.

현주는 미리의 시선을 피하며 그렇게 말했다. 현주의 얼굴만큼이나 자기 얼굴도 붉어졌으리라고 미리는 생각했다.

당시 현주는 대학원에 다니면서 미술학원에서 시간강사로 일하고 있었다. 첫 전시회를 하고 작품이 팔리기 시작할 무렵에도 현주는 학원에서 일을 했다. 그때는 현주도, 미리도 현주가 전업으로 그림만 그리게 될 거라고는 예상하지 못했었다. 미리만큼이나 현주는 현실적이었고 헛된 꿈을 꾸지 않았기 때문이다. 하지만 현주는 자신의 길을 냈다. 자신과 잘 맞는 갤러리를 찾았고 그들을 설득했다. 첫 전시회에 걸린 그림들은 전시회 도중에 거의 다 팔렸다.

현주는 비밀스럽게 작업했지만 남자 친구에게는 자기 작품을 미리 보여주는 것 같았다. 현주는 미리에게 남자 친구가 객관적인 시각으로 조언을 해준다고 했다. 미술에 대해 아는 것이 많고 그림을 많이 봐온 사람이어서 믿을 만하다고 했다. 그 믿을 만한 비평이라는 것이 현주가 지닌 장점을 깎아내리고 비틀어 모멸감을 주는 것인지 그때의 미리는 알지 못했다.

미리는 애초에 그 남자가 별로 마음에 들지 않았다. 현주와 만나고 있으면 쉴 새 없이 현주에게 전화를 해서 누구와 어디에 있는지 묻는 것도 싫었고 미리 앞에서 농담조로 현주를 깎아내리듯이 말할 때는 표정 관리를 하기가 어려웠다.

그는 농담인 것처럼, 가벼운 이야기인 것처럼 현주의 그림을 보며 말한다고 했다. 이런 그림을 너만 그릴 수 있는 건 아니잖아. 이 정도 수준의 작품들이야 찾아보려면 얼마든지 찾아볼 수 있지. 당장에 팔리기야 하겠지. 근데 그 이상이 있어?

현주가 아르바이트를 관두고 전업 작가가 되었을 때 그는 미소 지으며 자주 이렇게 말했다. 현주 너는 운이 참 좋은 것 같아.

현주는 그게 별일이 아닌 것처럼 미리에게 이야기를 하곤 했다.

그는 현주에게 의부증 기질이 있다고, 현주가 자신에게 집착하고 자신을 통제한다고 소문을 내고 다녔다.

시간이 지나면서 미리는 왜 그가 현주에 대한 거짓 소문을 지어 퍼뜨리는지 이해할 수 있었다. 그는 말하고 싶었을 것이다. 현주 너는 복잡하고 특별한 인간이 아니라고, 넌 그저 그런 여자라고, 아니, 그저 그런 여자여야 한다고. 현주의 모든 역사를 지우고, 개성을 지우고, 그녀만의 특별함을 지우려는 말. 그는 '남자 하나에 목매는 여자'라는 전형적인 이미지로 현주의 특별함을 가리려 한 것이었다. 그가 퍼트린 가십으로 덧칠된 현주는 더 이상 고유한 한 인간도, 작가도 아니었다.

작업실 문을 열자 물감 냄새가 훅 끼쳤다. 큰 창으로 빛이 쏟아져 내려왔고 벽과 천장이 모두 흰색이어서 환한 느낌이 났다. 한쪽 구석에 설치된 실크스크린 기계 옆으로 맥북이 놓인 널찍한 책상이, 그 옆으로는 프린트기가 있었다. 캔버스 여러 개가 뒤집혀서 벽에 기대어 있었고 작업실 중앙의 이젤에는 지금 작업 중인 캔버스가 올라가 있었다. 바탕색을 바르고 스케치만 한 상태여서 어떤 그림인지 상상하기가 어려웠다.

"다 그린 것들도 와서 봐봐."

현주가 벽에 세워놓은 캔버스들을 하나하나 뒤집어서 그림을 보여줬다. 어린아이들이 많이 등장하는 연작이었다. 두세 살짜리 아이들부터 열 살 무렵의 아이들까지 그림에 나왔다. 아이들은 모두 각자 다른 놀이에 몰두하고 있었다. 현주는 맞은편 벽으로 가서 가장 큰 그림 한 점을 뒤집어 보여줬다. 대여섯 살짜리 여자아이가 그림을 그리는 그림이었다. 아이의 배경이 빛으로 가득했다.

현주는 그림 옆에서 긴장한 듯 두 손을 맞잡은 채로 미리를 바라보았다. 미리는 그 아이가 누구인지 한눈에 알아볼 수 있었다.

미리는 크레파스의 냄새가 좋았다. 힘을 줘서 도화지 위에 크레파스를 그을 때의 부드러운 느낌이 좋았다. 연필의 흑연과 나무 냄새가 좋았고 수채화 물감을 팔레트에 단정하게 짤 때의 기분이 좋았다. 팔레트 위에서 붓을 움직이며 색을 섞을 때, 연필로 스케치할 때의 만족감이 좋았다. 미술학원의 고요함이 좋았고 외부의 일을 잊고 온전히 그림에만 집중하는 순간이 좋았다. 그림을 그릴 때면 비바람이 불고 천둥이 치는 날 작고 안전한 대피소에 도착한 기분이 들었다. 미리는 그림에 소질이 있었고 그 사실을 자신도 잘 알고 있었다. 자기 능력을 의식할 때의 기분이 좋았다.

미리는 불조심 포스터, 나무 심기 포스터, 6.25 기념 포스터

그리기 대회와 과학 상상화 그리기 대회, 소방차 그리기 대회에서 언제나 1등을 했고 구령대에 올라가서 교장 선생님께 상장을 받았다. 미리 너는 어쩜 이렇게 그림을 잘 그리니? 다정하게 칭찬하는 선생님의 목소리와 미리가 그린 그림 좀 봐봐, 라며 감탄하는 같은 반 애들의 목소리가 좋았다. 그게 어떤 칭찬이든 미리는 잊지 않고 마음속에 저장했다. 자신이 이 세상에 불필요한 존재가 아니라는 걸 확인받고 싶은 마음에 늘 주려 있었으니까. 그리고 생각했다. 그래, 나는 그림을 그리려고 태어난 거야. 나는 그림을 그릴 거야. 더 잘 그릴 거고 화가가 될 거야. 아주 유명한 화가가 된다면 모두 나를 자랑스러워할 거고 내게 관심과 사랑을 주겠지.

적어도 그림에 있어서는 부모님도 미리를 인정해주는 것만 같았다. 전국대회에 나가서 상을 받았을 때 미리는 그 순간만큼은 자신이 다른 아이들만큼의 가치를 지닌 사람이 된 듯한 기분을 느꼈다.

미리는 고등학교 2학년 때 미술학원에서 현주를 처음 만났다. 학교는 달랐지만 같은 학원 승합차를 타고 다니면서 서로 얼굴을 익혔고 빠르게 친해졌다. 둘은 같은 대학 같은 과에 진학했다. 열여덟에 만나 스물다섯이 될 때까지 둘은 주변 사람들에게 부부라고 불릴 정도로 붙어 지냈다.

미리는 그림을 그리는 아이의 그림에서 시선을 떼지 못했다. 현주의 시선을 통과한 어린 자신의 모습을 미리는 오래도록 바라봤다. 그 그림이 미리에게 현주의 목소리로 말하고 있었다.

현주의 그림에서는 언제나 현주라는 사람이 보였다. 현주를 제외한 다른 사람들은 이렇게 그릴 수 없다는 생각이 들었다. 그림으로 그런 마음이 들게 한다는 것이 쉽지 않다는 건 누구보다도 그녀 자신이 잘 알고 있었다. 미리는 빈 캔버스 앞에 초조하게 앉아 있던 시간을 떠올렸다. 미리는 그 초조함과 막막함을 극복할 수 없었다.

대학교 2학년이 끝나갈 무렵, 미리는 그림에 대한 마음을 접었다. 기말 작품 준비를 하던 날 중 하루였다. 한참을 그림 그리는 데 집중하다 그녀는 창밖을 바라봤다. 해가 지고 있었고 고가도로에 차들이 많이 지나다녔다. 라디에이터에서 뜨거운 김이 올라왔고 복도에서 웃으면서 신발을 끌고 걸어가는 남자 에들의 소리가 들렸다. 미리는 그것이 마지막 순간이라는 것을 직감했다. 더는 그 상태를 견딜 수 없었고 억지로 애쓰고 싶지도 않았다. 관두기로 마음먹자 오랜 시간 자기 가슴을 단단하게 죄어오던 사슬에서 풀려나는 것 같았다.

그 이후로도 미리는 계속 그림을 그렸다. 학교를 졸업해야 했으므로 그렸고, 미술학원에서 아르바이트를 해야 했으므로 그렸다. 심심할 때 드로잉북에 크로키를 하기도 했다. 승무원이 되고 난 다음에도 취미로 그림을 그렸다. 그렇게 미리는 살면서 가장 사랑했던 일을 소중하게 남겨둘 수 있었다.

그 시작에는 처음 미술학원에 보내진 다섯 살짜리 자신이 있었다. 자신에게 있어 미술이 외롭고 불안한 어린 시절의 인정투쟁과 존재 증명의 도구였다고 오래 생각했지만 그 그림을 보며 미리는 기억해냈다. 아주 어린 시절, 그림 그리는 일은 미리의 방식으로 세상과 재미있게 어울리는 일이었다는 걸. 어른들과 다르게 그림은 미리를 반겨주고 안아줬다. 그림을 그릴 때 미리는 다른 모든 것들을 잊고 몰두할 수 있었다. 그 일이 미리를 살게 했다. 그 사실을 오래 잊고 있었다고, 현주의 그림 앞에 서서 그녀는 생각했다.

3.

3년 전, 어머니가 돌아가셨을 때 미리는 장례식에만 잠시 들렀다 두바이로 돌아왔다. 그 일을 어떻게 소화해야 하는지 알 수 없었고 어떤 말로 자기 감정을 표현해야 할지도 모르겠어서 미리는 어머니의 죽음을 한동안 현주에게 전하지 않았었다. 두 달쯤 지나서 지나가듯이 어머니의 부고를 전하자 현주는 미리의 태도를 이해할 수 없다면서 어떻게 그 시간 동안 자신에게 그 소식을 전하지 않았는지, 어떻게 별일 아닌 것처럼 그 일을 말할 수 있는지 자기 상식으로는 이해할 수 없다고 말했다.

현주는 거기서 더 나아가서 미리가 요양원에 있던 미리의 어머니를 고작 1년에 한 번 방문했던 것도 잔인한 일이었다고 평가했다. 그래도 너를 낳아주고 길러주신 분이야. 받은 건 생각하지 않고 나쁜 기억만 골라서 어머니를 판단하는 거, 어른스럽지 않은 일이야. 냉정하게 말하는 현주를 보면서 미리는 현주를 공격하고 싶어졌고 현주의 남자 친구에 대해, 현주의 자신감 없는 작업 태도에 대해 빈정거렸다. 미리가 그렇듯이 현주 역시 누구보다도 미리의 약점을 잘 알고 있었기 때문에 싸움은 더 번질 수도 있었지만 현주는 아무 말도 하지 않고 전화를 끊어버렸다.

그래, 가버려. 그냥 내 인생에서 사라져버려. 그때 미리는 진심으로 그렇게 생각했다. 현주와의 애착 관계에 진절머리가 났고 그것이 현주라고 할지라도 타인이 자신을 아무렇게나 건드리는 걸 참고 싶지 않았다. 그 뒤로 모든 것이 최악으로 치달았다. 같이 사는 동료들에게 무의식적으로, 때로는 의식적으로 상처를 줬고 비행을 가서도 호텔에만 처박혀서 밖으로 나가지 않았다. 예전 같았으면 웃으며 넘어갈 수 있는 상황에서도 마음의 깊은 곳까지 흔들렸다. 2년을 만나던 애인과도 헤어졌다. 주변 사람들이 괴로워하고 슬퍼하는 모습을 보면서 공감하지 못하고 도리어 이상한 만족감을 느끼는 자신을 발견했을 때 미리는 많은 것들이 잘못되었다는 것을 인정할 수밖에 없었다.

미리는 늘 자신의 문제로부터 도망쳤고 그것은 그녀의 유일한 생존 방법이었다. 자신의 분노로부터, 불안으로부터, 슬픔으로부터 도망쳤고 최대한 과거를 돌아보지 않으려고 했다. 그 대신 미리는 일에 몰두했다. 동료들은 그녀가 일중독자에 가깝다고 말했는데 그건 일견 사실이었다. 일이 좋기도 했지만 일을 하지 않을 때면 공허함을 느꼈고 불안해졌으니까. 하지만 현주와 그렇게 싸운 이후에는 일에 몰입할 수가 없었고 자주 악몽을 꿨다. 가슴이 꽉 막힌 것 같은 느낌이 들었고 누가 차가운 칼을 꽂은 것처럼 머리와 눈이 자주 아팠다. 실컷 도망쳤는데 그 끝에 다다라서 뛰어넘을 수 없는 벽을 마주한 것 같았다.

5학년이 되었을 때, 그녀가 태어나던 해부터 투병했던 아버지가 돌아가셨다.

내가 말했제. 저 계집아가 재수가 없다꼬. 와 낳아서 이 사달이고.

미리는 아버지의 장례식장에서 그녀의 할머니가 어머니에게 그렇게 말하는 것을 우연히 들었다. 어머니는 아무 말도 하지 못하고 죄인처럼 고개를 조아리고 있었다. 어머니는 자신의 힘든 처지를 이야기할 때 늘 그렇게 포문을 열었다. 내가 미리를 낳고부터 되는 일이 없었다. 애 백일에 남편이 아프기 시작하고 가세가 기울었다. 그게 정말 딱 미리를 낳고부터다.

미리는 어릴 때는 버림받지 않으려고 애를 썼고 청소년기를 지나면서부터는 방문을 닫고 생활했다. 학교가 끝나고는 바로 미술학원에 가서 최대한 오래 시간을 끌다 집으로 들어왔다. 성인이 되고, 어머니가 아프기 시작하면서부터는 어머니의 삶을 판단하지 않으려고 있는 힘껏 노력했다. 어머니가 열세 살에 남의 집 식모살이를 시작하면서 얼마나 끔찍한 대우를 받으며 어린 시절을 보냈는지 미리는 들어 알고 있었다. 딸만 일곱에 막냇삼촌 하나만 아들인 집에서 다섯째로 태어난 어머니가 그저 사고파는 소나 말처럼 취급되었다는 사실을 생각하며 마음이 아파 울었던 적도 있었다.

넌 내가 어떻게 살았는지 알아? 그건 마법의 문장이었다. 내가 얼마나 고생을 했는지, 마음속에 서러움이 얼마나 쌓여 있는지 너처럼 유복한 생활을 하는 애는 절대 알 수 없다. 어머니

에게는 자신이 누군가에게 상처를 줄 수 있는 입장이 아니라
는 믿음이 있었다. 내가 어떻게 살았는지 알아? 미리가 밥을
먹을 때, 학교에서 돌아왔을 때, 잠에서 깨어날 때 미리를 골똘
히 지켜보던 어머니의 눈빛이 있었다. 어쩌면 다정하게까지 들
릴 수 있는 말투로 어머니는 미소 지으며 말했다. 누가 너 같은
애를 좋아하겠어.

미리는 운전하는 현주의 얼굴을 물끄러미 바라봤다. 마트에
서 장을 보고 집으로 돌아가는 길이었다. 현주는 운전할 때 잠
자리 모양의 갈색 선글라스를 썼는데 그 모습을 보고 있자니
미리는 현주가 운전해서 자신을 어머니가 있는 요양원까지 데
려다주던 때가 떠올랐다. 1년에 한 번씩, 현주는 서울에서 차로
왕복 여섯 시간 거리의 요양원에 미리를 태우고 다녔었다.
　사람들은 알츠하이머 중기 환자로 요양원에 보내진 미리의
어머니가 자신의 기억에 짓눌렸던 시절에는 얻지 못했던 평화
를 찾았다고 했다. 그런 어머니에게 하나의 문제가 있었다면
그건 미리의 방문이었다. 미리가 어머니가 있는 4인용 병실에

찾아가면 어머니는 치를 떨면서 미리에게 온갖 끔찍한 종류의 말들을 했다. 처음 요양원에 찾아온 미리를 보고 어머니는 저주 섞인 말을 하며 비닥에 침을 뱉었다.

아프지 않았을 때의 어머니는 미리에 대한 적의를 세련되게 가공하여 보여줬다. 집요한 괴롭힘이었지만 알아차리는 사람은 아무도 없을 정도로 어머니는 미리에게 다정하게 행동했다. 하지만 자신의 사회적 자아를 잃어버리고, 의식을 놓아버리자 어머니는 더는 그 감정을 미리에게 숨기지 않을 수 있었다. 미리에 대한 어머니의 염오는 그토록 순수한 것이었다. 그 모습이 미리의 눈에는 차라리 자유로워 보였다.

미리가 얼굴을 보이면 어머니는 예외 없이 폭언을 시작했고 자기 감정을 이기지 못해서 괴로워했다. 그렇게 미리는 잠시 어머니를 보고 휴게실에 앉아서 시간을 끌다가 현주에게 돌아갔다. 미리는 현주에게 그 사실을 그대로 말하지 않았다.

집으로 돌아와 둘은 편안한 옷으로 갈아입고서 거실 소파에 앉아서 캔 맥주를 마셨다. 텔레비전에서는 가벼운 분위기의 토

크쇼가 나오고 있었는데 현주는 웃긴 이야기가 나와도 차분한 표정으로 화면을 바라봤다. 현주는 다른 사람들이 웃을 때는 잘 웃지 않다가 엉뚱한 지점에서 웃곤 했고 미리는 그런 현주의 모습이 좋았다. 반년 전만 해도 너무 밉고 다시는 보지 않으려고 했던 현주가 바로 자기 옆에서 예전처럼 앉아 있는 모습을 보니 새삼스레 이 순간이 현실적으로 느껴지지 않았다. 사흘을 함께 있었지만 못 보고 지낸 3년의 시간은 엄연했다.

미리가 소파에 눕자 현주가 요를 들고 와서 소파 아래 바닥에 누웠다. 그러더니 자기 티셔츠에 안경알을 닦았다.

"안경은 언제부터 쓴 거야?"

미리가 물었다.

"한 1년 전쯤부터?"

"시력 좋은 편이었잖아."

"모르겠어. 지금은 안경 안 쓰면 잘 안 보여. 자꾸 울어서 그랬나 싶기도 하고."

그렇게 말하고 현주가 대수롭지 않은 얘기라는 듯이 안경을 벗어 바닥에 내려놓고 쿠션을 뺐다.

"요즘도 많이 울어?"

현주는 한동안 대답을 하지 않고 눈을 감고 있더니 눈을 뜨고 미리를 바라봤다. 벽걸이형 에어컨이 덜걱거리면서 돌아가는 소리가 들렸다. 현주가 조금 망설이더니 작은 목소리로 말했다.

"난 네가 나를 용서하지 않을 줄 알았거든."

현주가 미리를 물끄러미 바라봤다. 아직도 용서받았다는 것을 확신할 수 없다는 표정이었다. 갑작스러운 현주의 말에 미리는 먹먹해졌다. 2년 반 만에 스카이프로 통화를 했을 때 둘은 서로에게 미안하다고 말했고 그간 못다 한 이야기들을 나눴지만 3년 전의 다툼에 대해서는 조금도 입에 올리지 않았다. 그때의 일을 다시 이야기하는 것이 결과적으로 상처가 될까봐 두려워서였다.

"그때 그 말들은 진심이 아니었어. 그냥 널 상처 주고 싶어서 못되게 굴었던 거야."

미리가 말했다.

"알아. 그냥 그러고 싶을 때가 있잖아. 견디기가 힘들 때."

"그래."

"난 네가 힘들 때 늘 너를 더 힘들게 했었던 것 같아."

현주가 미리의 시선을 피하며 말했다.

"그건 말도 안 되는 얘기야."

그렇게 말하면서도 미리는 마음속으로 현주의 말에 동의했다.

대학교 2학년 때, 미리는 자신의 어린 시절에 대해서, 자신과 어머니의 관계에 대해서 현주에게 말했다. 아무에게도 하지 못했던 말이었지만 현주에게 마음이 열려서 그랬다.

어떤 엄마가 자기 자식을 싫어하겠니.

현주는 황당한 이야기를 들었다는 표정으로 그렇게 말했다. 미리는 말문이 막혀서, 웃으면서 자기가 애초에 진지하게 이야기하지 않았다는 듯이 자기 말을 수습하려 했다. 그 모습을 보고 현주가 말을 이었다.

네가 어머니 진심을 어떻게 알겠어. 성격이 안 맞을 수도 있고, 어머니가 자기 마음을 표현하는 방식이 서툴 수는 있지. 그래도 미리야, 자식 사랑하지 않는 부모는 없어.

그래.

미리는 그렇게 말하고 입을 다물었다. 세상 사람들은 모두 현주처럼 말했고 그 말들의 합창은 미리를 예민한 사람이 되게 했다. 미리는 어머니의 말투, 표정, 몸짓에서 자식 사랑하지 않는 부모는 없다는 그 당연한 진실을 찾아내려고 애썼다. 주인의 식탁 밑에서 부스러기라도 주워 먹으려고 기다리고 있는 개처럼 노력했다. 어머니가 자신을 사랑한다는 작은 증거라도 찾으면 그 자그마한 것을 잡고 큰 의미를 부여했다. 그렇게라도 그런 믿음의 공동체에 속하고 싶었다. 모두가 당연하다고 말하는 어머니의 사랑조차 받지 못한 인간이 되고 싶지 않았다. 그런 태도가 습관이 되어서 그녀는 사람들의 말투나 표정에 민감한 어른이 됐다.

미리는 현주를 만나고 나서야 사랑은 엄연히 드러나는 것이라는 사실을 알았다. 사랑은 애써 증거를 찾아내야 하는 고통스러운 노동이 아니었다. 누군가의 심연 깊은 곳으로 내려가 네발로 기면서 어둠 속에서 두려워하는 일도, 자신의 가치를 증명해야만 어렵게 받을 수 있는 보상도 아니었다. 사랑은 자연스럽고 부드러운 것이었다. 그 모든 사실을 알려준 건 현주였다. 현주와 함께 있을 때면 미리는 안전함을 느꼈다. 현주는 미리에게 미리의 존재 이외의 것들을 요구하지 않았다.

그런 현주가 미리의 고통을 이해하지 못하는 것은 잘못이 아니었다. 자신의 경험을 넘어서서 다른 사람의 삶을 상상하는 것은 누구에게나 어려운 일이니까. 무엇보다도 현주는 미리가 조건 없이 사랑받아 마땅한 사람이라고 진심으로 믿고 있었기에 미리의 말을 믿지 않는 것을 넘어서 불쾌함까지 느끼는 것 같았다.

현주의 마음을 이해하면서도 미리는 벽에 부딪힌 기분을 느꼈다. 왜 자신의 마음을 현주가 정확히 알아주기를 바랐던 걸까. 왜 그토록 현주에게 이해받고 싶었던 걸까. 그러면서도 미리는 한 번씩 다시 그 이야기를 꺼냈고 현주는 그런 미리의 이야기를 어린애의 투정처럼 받아들였다. 그래서 미리는 어느 순간 현주로부터 자신의 한 부분을 이해받는 것을 포기했다. 최악의 인정 욕구는 자기 아픔을 인정받고 싶어 하는 마음일지도 몰랐다.

그러니 어머니의 죽음 앞에서 자신이 느꼈던 복잡한 감정을 현주가 알아주기를 바랐던 건 심한 기대였을 것이다. 그걸 알면서도 미리는 현주에게 기대했고, 타인에게 기대하고 다시 상처받은 자신에게 화기 있다. 그래서 현주에게서 도망치는 것으로 자신에게 벌을 주고자 했다. 그러면서도 의식적으로는 현주가 자신을 버렸다고 생각했다. 마음 가장 깊숙한 곳에서는 알고 있었으면서. 현주가 자신을 버린 것이 아니라 자신이 현주에게서 도망쳤다는 사실을.

걸에서 잠든 현주를 바라보면서 미리는 한동안 잠들지 못했다.

4.

현주는 늦게까지 잠을 잤다. 미리는 소파에 누워서 조금 뒤척이다가 자리에서 일어났다. 양동이에 물을 담아 세탁 세제를 섞고 스펀지와 유리창 청소용 밀대를 들고서 밖으로 나갔다. 미리는 한쪽에 접어놓은 낚시 의자를 꺼내서 펴고 그 위에 올라가서 창문을 스펀지로 닦기 시작했다. 양동이에 스펀지를 넣으니 양동이 물이 온통 잿빛이 됐다. 밀대로 물기를 위에서 아래로 쓸어내리고 작업실 바깥 창문도 그렇게 닦았다. 깨끗해진 창으로 미리는 바깥 풍경을 가만히 바라봤다.

아르바이트를 할 것인지 말 것인지 답을 줘야 하는 시간이 사흘 앞으로 다가왔다. 아르바이트를 하기로 결정한다면 당장에 그다음 날 광주에 가야 했다. 소중한 기회라는 것을 누구보다도 잘 알고 있으면서도 미리는 쉽게 결정을 내리지 못했다.

현주의 집에서 미리는 말 그대로 잘 먹고 잘 잤다. 두바이에서도 한동안 대기를 하며 일을 하지 않았지만 마음은 단 한순간도 쉬지 못했고 한국에 들어와 격리를 하는 동안에는 불안정한 미래에 대한 걱정으로 쉴 틈이 없었다. 마음에 파도가 한번 들이치면 수면에 떠다니던 쓰레기들이 그대로 해변으로 밀려왔고 미리에게는 그 쓰레기들을 수습할 힘이 없었다.

현주는 미리에게 아무것도 묻지 않았다. 광주로 내려갈 것인지, 여기에 머무를 것인지, 아니면 다른 대안이 있는 것인지, 실직하게 되면 어떤 계획이 있는지…… 지나가는 말로라도 걱정된다는 내색을 하지 않았다.

한때 미리는 현주가 너무 이른 나이에 은퇴한 노인처럼 산다고 판단했다. 더 많은 사람들을 만나보고 더 넓은 곳으로 나가보지 않은 채로 그대로 머물러 있다고, 그건 일종의 퇴행이라고 생각했다. 하지만 현수와 시간을 보내면서 미리는 그런 판단이 오만이었다는 것을 알았다. 현주는 천천히 자기 속도대로 나아가고 있었다. 현주와 같이 밥을 먹을 때, 자기 전에 누워서 이야기할 때, 현주가 그리고 있는 그림을 바라볼 때 미리는 자신이 현주에 대해 전혀 알지 못한다는 사실을, 아니, 아주 오래전부터도 현주에 대해 아는 바가 전혀 없었다는 사실을 깨달았다.

현주는 미리에게 처음 작업실을 보여준 뒤부터 계속 작업실 문을 열어놓고 그림을 그렸다. 작업실에서 현주가 틀어놓은 라디오 소리가 들렸다. 명랑한 목소리의 디제이가 진행하는 오후 프로그램이었다. 디제이가 청취자의 전화를 받아서 스피드 퀴즈를 진행하고 있었다. 현주는 고등학교 때부터도 라디오를 켜놓고 작업을 했다. 라디오 소리는 빛처럼 오는 거 알아? 방송국에서 소리를 전파로 바꾸고, 라디오에서 전파가 다시 소리로 변하는 거래. 그런 말을 하며 눈을 빛내던 어린 현주의 얼굴이 떠올랐다. 현주는 생방송으로 진행하는 프로그램만 들었다. 비록 같은 공간은 아니더라도 같은 시간에 누군가와 함께 있다는 느낌이 좋아서 생방송만 듣는다는 현주의 말을 미리는 이제야 조금 이해할 수 있을 것 같았다.

소파에 앉아서 메모장에 일기를 쓰고 있는데 현주가 작업을 마치고 미리를 불렀다.

"가까이 와서 볼래?"

현주가 미리를 보며 손짓했다.

그림은 반쯤 완성되어 있었다. 대여섯 살 되어 보이는 아이들 일곱 명이 모래사장에서 열중해서 노는 모습이었다. 그림이 완성되어갈수록 미리는 그 그림에 더 몰입하게 됐다. 놀이터에서 노는 아이들은 현주가 포착한 그 순간 속에서 시간과 무관하게 살고 있었다.

미리에게도 그런 시간이 있었다. 모래 장난을 하다 보면 금세 해가 저물고 바람이 쌀쌀해졌다. 해가 지는 걸 외면하면 시간을 막을 수 있을 것 같아서 더 몰두해서 놀다가 정신을 차려 보면 같이 놀던 아이들이 사라지고 없었다. 그럴 때면 다시금 모든 것이 분리된 세상 속으로 뚝 떨어진 기분이 들어서 두려워졌다. 미리는 기억했다. 그 시간은 아주 길면서도 동시에 순간에 불과했다.

"드로잉북 가지고 왔어?"

현주가 그림을 보는 미리에게 물었다. 미리는 드로잉북을 들고 다니면서 이런저런 그림을 그리기를 좋아했다. 미리가 한국에 돌아왔을 때 현주에게 그 그림들을 보여주는 건 현주와 미리의 연례행사였다.

"깜빡하고 놓고 왔어."

"하나 줄까?"

"응. 그럴래?"

드로잉북을 가지러 가는 현주의 뒷모습을 보면서 미리는 현주가 자신의 거짓말을 눈치채지 않았기를 바랐다.

어머니를 보러 마지막으로 요양원에 갔던 날, 미리는 어머니의 젊은 시절을 그린 그림 세 장을 가져갔다. 평소에 어머니는 미리의 그림에 대해서는 별다른 말이 없었고 미리는 그것이 어머니가 자신을 인정하는 방식이라고 생각했다. 그렇게라도 어머니에게 가닿을 수 있기를 희망했다. 미리는 요양보호사에게 그림을 건네고 병실 앞 복도에서 어머니가 자기 그림을 보는 모습을 바라봤다. 어머니는 침대에 구부정하게 앉아서 그림을 한 장 한 장 넘겨보더니 아무 표정 없는 얼굴로 그 그림을 가로로 한 번, 세로로 한 번 찢어 구겨버리고 바닥에 던져서 발로 밟았다. 자신의 모습을 찢고 구기고 발로 밟는 어머니. 그것이 미리가 마지막으로 본 어머니의 모습이었다.

미리를 사랑하지 않기로 결정한 건 어머니의 자유의지였다. 어떤 이유에서였는지는 모르겠지만 어머니에게는 어머니만의 이유가 있었을 것이다. 어머니의 삶은 어머니의 것이었으니까. 하지만 미리에게는 선택지가 없었다. 미리는 어머니를 두려워하고 혐오하고 때로는 어머니가 죽기를 바라면서도 어머니를 사랑하지 않는 삶은 선택할 수 없었다. 이런 삶이 자신의 것이었을까. 미리는 쉽게 답할 수가 없었다. 그날 이후로 미리는 자기 의지로 그림을 그린 적이 없었다.

현주는 새 드로잉북과 함께 연필과 지우개를 미리에게 건넸다. 미리는 드로잉북을 만지작거리면서 그걸 만지고 있는 자기 손을 오래 쳐다봤다.

현주가 소파에 몸을 기대고 창밖을 바라보았디. 현주는 커다란 조록색 티셔츠를 입고 무릎까지 내려오는 검은 반바지를 입고 있었다. 종아리와 팔뚝에 모기에 물려 부은 자국이 여럿이었다. 그런 현주의 모습 위로 회색 백팩을 등에 딱 맞게 메고 씩씩한 걸음걸이로 걷던 어린 현주의 모습이 겹쳐 보였다. 말수는 적었지만 현주가 쓴 편지와 쪽지는 늘 미리의 마음을 두드렸다. 현주는 미리에게 밀려들었고 그 따뜻하고 부드러운 마음은 사실상 부당할 정도로 과분한 것이었다. 그래서 미리는 현주가 어렵기도 했다. 미리에게 관계란 매 순간 상대의 시선으로 자신을 심판하며 최대한 자기 자신의 황폐함을 철저하게 감춰야 하는 노동이었으니까.

현주의 사랑을 더 쉽게 받아들일 수 있었다면 얼마나 자유롭고 편안했을까. 내가 그럴 수 있는 사람이었더라면 얼마나 좋았을까. 돌이켜 보니 남은 것이라고는 일평생을 이런 식으로 살아오면서 누적되어온 피로였다. 진짜를 가질 자신이 없어서 늘 잃어도 상처 되지 않을 관계를 고르곤 했다. 어차피 실망하게 될 거, 진짜가 아닌 사람에게 실망하고 싶었다. 정말 사랑하는 사람에게 상처받으면 조각난 자기 자신을 복구할 수 없을 것 같아서였다. 현주는 미리가 유일하게 위험을 감수하고 만나기를 선택한 사람이었다. 조금만 더 내게 와줘. 그 갈망은 너무나 내적인 것이어서 누구에게도 말할 수 없었다.

오렌지빛 햇빛이 마당 가운데로 기다랗게 내려왔다. 현주가 안경을 고쳐 쓰고 골똘히 창밖을 바라봤고 미리는 그런 현주를 바라보고 있었다. 그러고 있자니 현주네 집에서 창을 열어놓고 비가 내리는 모습을 둘이서 넋 놓고 구경하던 여름날이 떠올랐다.

같이 누워서 〈신해철의 고스트 스테이션〉을 들으며 깔깔대며 웃었던 기억, 카레를 한 솥 끓여놓고 며칠을 계속 카레만 먹었던 기억, 보일러에 이상이 생겨서 추웠던 밤에 일어나 보니 현주가 자신에게 털모자를 씌워주고 목도리를 둘러준 걸 알게 된 기억, 늦게 일어나 보면 현주가 밥을 새로 짓고 국 한 냄비를 끓여놓고 갔던 기억……. 그 시절이 미리에게는 또 다른 유년이었다는 생각이 들었다. 아이일 때로 다시 돌아갈 수 없는 것처럼 그 시절 또한 되풀이될 수 없다고 미리는 생각했다. 앞으로도 현주를 만나고 현주의 집에 와서 시간을 보내겠지만 현주의 집은 현주의 말처럼 자신이 언제든 돌아올 수 있는 집이 될 수는 없었다. 현주 또한 그 사실을 알고 있으리라고 미리는 생각했다.

"미리야."

현주가 거실 창을 가리키며 미리를 불렀다. 갈색 산새가 감나무 위에서 날아 현주의 마당에 착지했다. 현주는 그게 무슨 대단한 일이라도 되는 것처럼 감탄하며 말했다.

"쟤 좀 봐봐, 미리야."

다음 날 아침, 미리는 마당으로 가서 낚시 의자를 펴놓고 앉아 드로잉북을 펼쳤다. 멀리서 오토바이 소리와 산새 소리, 개가 짖는 소리가 들려왔다. 이른 아침이었지만 햇볕이 뜨겁고 공기가 습해서 땀이 났다. 미리는 손등으로 이마에 돋은 땀을 닦으면서 현주가 준 연필로 눈앞의 감나무를 그리기 시작했다. 감나무를 다 그리고 나서는 감나무 옆에 서 있는 현주를 그렸다. 미리의 그림 속에서 현주는 한 손으로 감나무를 만지면서 정면을 바라보고 있었다. 웃어봐, 현주야. 사진 찍을 때 그렇게 부탁하면 쑥스럽게, 그렇지만 한순간 환하게 웃는 현주 특유의 웃음이 있었다. 그 표정을, 미리는 현주의 얼굴을 보지 않고도 그릴 수 있었다.